tascabili

Nadia Morbelli

La strana morte del signor Merello

GIUNTI

Questa è un'opera di fantasia.
Ogni riferimento a fatti e persone realmente esistiti è puramente casuale.

www.giunti.it

Via Bolognese 165 – 50139 Firenze – Italia
Piazza Virgilio 4 – 20123 Milano – Italia

Prima edizione: luglio 2014
Prima edizione tascabile: gennaio 2017

Le cosiddette coincidenze non sono che frammenti,
schegge di una verità che non riusciamo a cogliere.
Come le goccioline di rugiada che imperlano una ragnatela:
noi vediamo quelle perché luccicano al sole, ma i fili
che le tengono sospese spesso sfuggono al nostro sguardo.

Prologo

Me ne stavo pigramente in giardino a rosolare al sole quando, fra i rumori che mi giungevano via via più ovattati e distorti, sintomo che ero ormai prossima ad appisolarmi, mi era parso di sentire lo scricchiolio della ghiaia nel vialetto. Anche le cicale, che prima frinivano a più non posso, s'erano d'un tratto zittite.

"Mai che si possa quietare… Certo che venire a rompere le scatole a quest'ora del pomeriggio, ci vuole un bel coraggio…"

Mi ero alzata ancora mezza *imbarlugata* dal sonno e dal caldo per metter su la tunica di garza bianca, souvenir di un recente viaggio in Marocco, che avevo appesa a un ramo d'alloro. Girando attorno alla casa, avevo fatto capolino dal vecchio pozzo soffocato dall'abbraccio dei gelsomini: una Panda. Una Panda giallina. Si era fermata poco oltre il cancello. Difficile capire chi fosse: qui quasi tutti hanno una Panda, e molti di loro proprio giallina. Ne era sceso un tipo sulla cinquantina, alto e brizzolato, fino un bell'uomo: mai visto in vita mia.

Nel frattempo anche mia madre si era affacciata dalla finestra della cucina, con fra le mani un piatto che finiva di asciugare per benino. Aveva l'aria interdetta, e un pelino scocciata. Ero certa che dentro di sé stava sacramentando non poco all'indirizzo di quel povero cristo giunto a disturbare la pace della domenica-tipo dei Morbelli, peraltro in un momento in cui la cucina non era ancora perfettamente riassettata, dunque off limits per ogni visitatore, ivi compresi i parenti più stretti.

Con un'espressione fra l'indeciso e lo stralunato, il tizio si era fatto avanti fin quasi alla porta. Alle mie spalle avevo sentito i passi di papà provenienti dal garage, dove si era ficcato subito dopo mangiato ad aggiustare non si sa bene cosa.

– Tagliafico, Massimiliano Tagliafico…

Aveva allungato la mano verso mia madre che era uscita in veranda, sempre col piatto in mano, forse a voler rendere evidente l'orario inopportuno scelto per farci visita.

– …abitiamo nella cascina qui sotto. Siamo arrivati da poco.

– Ah, la Casa di Gioia…

Mamma si era subito ammorbidita, forse nella speranza di avere notizie fresche di quel casolare ormai chiuso da tempo, almeno tre anni, e finalmente gli aveva stretto la mano.

– Si vuole accomodare? Qui in giardino, che dentro è un po' in disordine…

– Non vorrei disturbare…

– Ma si figuri! Ci mancherebbe! Lo gradisce un bicchiere di vino? O di aranciata? È bella fresca…

– Volentieri. Un bicchiere di vino lo prendo volentieri.

Mi ero avvicinata di soppiatto.

– Uno anche per me, ma'. Apri il vermentino, che è in frigo. Nadia. Io sono Nadia. La figlia.

– Piacere, Massimiliano.

– E così avete comprato la Casa di Gioia… Meno male: era un delitto lasciarla vuota…

Si era seduto su una sedia all'ombra del tiglio. Ci aveva raggiunti pure mio padre, proprio mentre mamma stava depositando sul tavolo da giardino il vassoio in silver con su i bicchieri "buoni": era lapalissiano che da quell'incontro inatteso si aspettava una ricca messe di *ceti* da spacciare con agio alle amiche nel prossimo incontro sabbatale. Avevo stappato il vermentino, che sembrava promettere proprio bene.

– Veramente non l'abbiamo comprata... L'abbiamo ereditata.

– Ah! Allora è parente della Merello! Dell'Ernestina... Eh già, il marito faceva Tagliafico... Povera donna, morire in quel modo!

– Ma mamma! Aveva quasi novant'anni! Ed era stata bene fino a un attimo prima! Ci metterei la firma!

– Sì, ma l'hanno trovata dopo due giorni – aveva tenuto a precisare con fare contrito.

– Comodamente seduta in poltrona davanti alla tivvù con la tazza della camomilla ancora in mano: non se n'è manco accorta!

– Anche lei, però... Ostinarsi a non volere una badante! Vabbe' che le veniva una donna tre volte alla settimana... la Rosa... Meno male che aveva le chiavi: suonava, suonava e non apriva nessuno. Quando è entrata, e l'ha vista, subito pensava che dormisse...

– Noi avevamo un po' perso i contatti. L'ultima volta che l'ho incontrata è stato un cinque-sei anni fa, al funerale del marito, che era il mio prozio...

– Allora lei è il figlio del figlio del fratello di Giobatta, giusto? Che si chiamava Nando. E aveva sposato una di Pra che il padre aveva una merceria in Sampierdarena. Aspetti, vedo se mi ricordo il nome... Liliana! sì, Liliana!

Le acrobazie genealogiche di mia madre mi facevano girare la testa. Ben più del vermentino.

– Sì, mia nonna si chiamava Liliana. L'ha conosciuta?

– Devo averla vista qualche volta. La conosceva una zia di mio marito, l'Elvira, che era amica dell'Ernestina. Com'è piccolo il mondo!

Tutta goduta del suo exploit araldico, mia madre aveva mollato un poco la presa, e si era concessa un goccio di vino.

– A ogni modo, alla morte del fratello di Ernestina, Amilcare, la casa è finita a me. Visto che non avevano avuto figli né lui né la sorella. Devo dire che per noi è stata una vera manna: mia moglie ha perso il lavoro l'anno scorso, e a Genova stavamo in affitto. Sa, con due figli e un solo stipendio non è mica facile tirare avanti…

– Allora stavate a Genova? Certo che è un bel salto, dalla città alla campagna…

Sicuramente, dal mio tono stupito era trapelata una scarsa condivisione della scelta effettuata dalla famigliola. Tant'è che il Tagliafico aveva subito aggiustato il tiro:

– Be', non si può dire che siamo stati proprio entusiasti: io lavoro in una filiale della Cassa di Risparmio a Bolzaneto e far su e giù tutti i giorni, in più con una linea malandata come la Genova-Ovada, è a dir poco sfiancante. Anche mia figlia deve "pendolare" per concludere il liceo. Poi qui senza macchina sei praticamente segregato, e lei ha solo 17 anni. Ovviamente di motorino nemmeno a parlarne… In pratica litighiamo una sera sì e una no. L'unico felice è il piccolo, Biagio, che scorrazza con la bici in giardino per tutto il tempo. Però bisogna adattarsi…

– Già…

– In verità ero venuto a chiedere se per caso aveste una chiave a pappagallo: mi sto un po' aggiustando con i lavori in casa e ho qualche problema con il sifone del lavabo, che perde.

Papà aveva subito drizzato le orecchie:

– Da quanti pollici è il tubo?

– Pollici?

– Sì, di diametro.

– Del sifone?

– No, del tubo.

– Non ne ho idea…

– La ghiera è in metallo?

– Ghiera? Quale ghiera?

– Ma è sicuro che perde dal sifone e non dall'attacco?

– In che senso, dall'attacco?

– Lasci perdere, vedo che è poco pratico... È meglio che faccia un salto io, se non le dispiace. Vado a prendere la cassetta degli attrezzi.

Tagliafico lo fissava allibito: certo che imboccando il nostro vialetto nella greve calura ferragostana non poteva neanche lontanamente supporre di avere come nuovi vicini di casa la reginetta delle genealogie e l'angelo, scorbutico, del fai-da-te.

Uno

Alla fine il "lavoretto" preso in carico da papà era risultato più complicato del previsto, e a noi Morbelli aveva fruttato un invito a cena. Barbecue in giardino: scelta che aveva contrariato non poco mia madre che, oltre a non concepire in alcun modo un pranzo che non contemplasse antipasto, primo, secondo, contorno, frutta e dolce, rigorosamente in quest'ordine, non attribuiva alla carne alla brace neppure lo statuto di pietanza, catalogandola come una sorta di divertimento fine a se stesso: una *demua da zueni*, diceva lei. In più paventava l'umidità serale, e le legioni di insetti nocivi che senz'altro albergavano fra l'erba.

Comunque alle otto eravamo là, con mamma in ghingheri come nelle grandi occasioni, e mio padre oberato da un'enorme torta gelato che mi avevano spedito a prendere nella migliore pasticceria di Ovada: barbecue o non barbecue, con i nuovi vicini dovevamo fare bella figura! La cascina, coronata da maestosi ippocastani, risentiva un po' del lungo abbandono, ma era comunque bella, nonostante l'intonaco sbiadito e percorso da crepe sottili. Le persiane malandate, e gli infissi scrostati, sicuramente avrebbero suscitato le critiche di mia madre che l'indomani si sarebbe messa a sindacare sul perché e il percome non avessero ancora provveduto a sostituirli, o almeno a rabberciarli alla bell'e meglio. Sull'erba strinata dalla canicola estiva avevano apparecchiato il grande tavolo di plastica ovale con una tovaglia a quadretti bianchi e rossi. Anche i piatti erano bianchi col bordo rosso, e rossi erano i tovaglioli. Di carta, però: negli occhi di mamma avevo letto un'ombra di disapprovazione.

La moglie del Tagliafico, Sandra, era una signora alta e slanciata, con un caschetto color mogano screziato da mèche poco poco più chiare: ci si era fatta incontro in un paio di pantaloni alla "pinocchietto" verde mela, con su una camicetta bianca senza maniche, annodata in vita. Dietro di lei i due figli: una bella ragazza mora, con i lunghi capelli raccolti in una coda fluente, e un bimbetto smilzo dagli occhi vispi, in braghette corte e canottiera.

– Piacere, Sandra. E questi sono Elisa e Biagio. Massimiliano si sta dannando col barbecue: sapete, da "cittadini" non siamo tanto pratici di queste cose. Ci ha messo più di mezz'ora ad accendere il fuoco... Suo marito è stato un vero tesoro, ci ha risolto un problema mica da ridere...

Mio papà si aggirava irrequieto non sapendo dove piazzare la torta. Finalmente Sandra, assolti brevemente i convenevoli di rito con mamma, gliel'aveva tolta di mano e si era allontanata per sistemarla in frigo. Poi ci eravamo seduti a tavola. Tutti meno il bambino che, sdraiato sul prato, giocava a produrre incidenti madornali fra coloratissime macchinine di vario tipo e dimensione. Intanto era arrivato anche Massimiliano, con un grosso vassoio di metallo stracarico di carne di ogni sorta. Ce n'era abbastanza per sfamare un reggimento di fanteria: braciole e costine di maiale, fettine di vitello, fesa di tacchino, e poi salamini, luganega, würstel, e perfino gli spiedini. Scodellatolo al centro della tavola, dopo essersi prodigato anche lui in saluti e ringraziamenti, era subito andato a prendere un altro vassoio simile, ma pieno di verdure grigliate. E lì c'erano melanzane, zucchine, trevigiana, cipolle, pomodori, oltre agli immancabili peperoni. Rossi e gialli, per non sbagliare.

Ci eravamo subito serviti – "presto, se no si fredda, e la carne fredda..." – in abbondanza. Meno mamma, che si era limitata a un po' di salsiccia e uno spiedino, presto corredati di peperoni d'ambo i colori. E Biagio, che di abbandonare la sua ecatombe automobilistica non ne voleva proprio sapere. A dire il vero la carne era proprio ottima, nonostante l'espressione di sufficienza di mamma lasciasse trapelare esattamente il contrario.

– *A l'è sciuta... sciuta cumme tuttu*! – aveva mormorato con un sibilo, approfittando della temporanea assenza della padrona di casa, corsa in cucina a prelevare la bottiglia di bianco che aveva dimenticato in frigo. Il che la diceva lunga sulla considerazione riservata in famiglia al vino. E con buona probabilità anche sulla qualità del medesimo.

Il discorso, abilmente pilotato da mia madre, era presto andato a cadere sulle vicende che avevano portato la famigliola genovese a prendere possesso della Casa di Gioia, e a stabilirsi nell'Oltregiogo.

– Così siete diventati campagnoli anche voi, eh?

Il sospiro mezzo rassegnato di Elisa era espressione loquace di quanto travagliata doveva essere stata quella decisione.

– D'altra parte non è che avessimo molta scelta... Ci è capitata fra capo e collo, questa cascina. E trovare a vendere di 'sti tempi, non sarebbe stato facile... Tra l'altro, a me m'han lasciata a casa da due anni. Sei mesi di cassa integrazione, e buonanotte!

– Son momenti difficili... – aveva chiosato comprensivo papà – però vedrà che alla fine vi ci troverete bene, qui!

– Fra capo e collo è fin dir poco... A momenti non ci ricordavamo nemmeno che fosse vivo, l'Amilcare... Quando è arrivata la raccomandata del notaio, ci abbiamo messo almeno un'ora a capacitarci che volesse dire proprio quello: che eravamo gli unici eredi di quel prozio acquisito.

– Non aveva avuto figli neppure lui, eh? Come l'Ernestina...

– No, niente figli. Almeno "reali"... – aveva sogghignato sorniona Sandra.

– Cioè? – non mi ero saputa trattenere dal chiedere, palesando apertamente la mia nota natura di curiosa ficcanaso.

– No, Sandra voleva dire... Be', Amilcare era un tipo un po' strano...

– Strano? Matto come una capra, era! Completamente pazzo. Ma da legare!

Dovevano averci letto in faccia lo schietto stupore che aveva suscitato in noi quello sfogo. Sicché il Tagliafico si era sentito in dovere di precisare:

– In effetti matto lo era davvero. Clinicamente, intendo. Non da manicomio, per carità... Disturbi psicotici, li chiamano. Insomma, era convinto di cose che non esistevano se non nella sua testa.

– Ma che disturbi psicotici! Quello vi prendeva tutti per il culo! E intanto si è mangiato un patrimonio... Anzi, due: il suo e quello di sua sorella!

Non ci potevo credere! In men che non si dica ci eravamo trovati in mezzo a una querelle famigliare che doveva serpeggiare sopita da mo'. E che io avevo contribuito non poco a far scatenare in tutta la sua virulenza. Certo fomentata dalle frustrazioni e dalle incertezze che in condizioni economiche precarie trovano sempre un ottimo brodo di coltura.

Avevo preso un sorso di vino. Come sospettavo: un Gavi asprigno di qualità appena accettabile. Che poi sarà stato pure fresco, dunque nelle intenzioni dei nostri ospiti senz'altro adatto alla calura estiva, ma con le carni alla brace c'entrava quanto i proverbiali cavoli a merenda. In compenso l'attenzione di mia madre, inizialmente sonnacchiosa, s'era d'improvviso destata: incontrovertibile potere del *ceto*!

Ingolosita da entrambe le storie, ero tremendamente indecisa se chiedere delucidazioni in merito al figlio fantasma o ai due patrimoni andati in fumo. Per fortuna, a risolvere il dilemma ci aveva pensato Massimiliano.

– Sandra prima accennava a una delle tante stravaganze dello zio: sosteneva di avere avuto un figlio da una relazione adulterina con una nobildonna inglese. Secondo lui sarebbe stato cresciuto a Londra dalla madre, per poi diventare un importante broker della city. Esibiva anche spesso una sua presunta foto da piccolo, in bianco e nero, che teneva nel portafoglio. Una volta ho perfino provato a chiedere a sua sorella, ma niente: bocca cucita! Lo hanno sempre difeso, in famiglia…

– Più che difeso direi assecondato. Come si fa con i malati di mente…

Lentamente si era fatto buio, e fra le fronde degli alberi avevano fatto la loro timida comparsa le prime stelle. La luna era bassissima sull'orizzonte terso, già prossima a tramontare dietro i filari delle vigne, rigogliosi come non mai: col caldo che aveva fatto a luglio, e magari qualche provvidenziale pioggia a settembre, per il vino sarebbe stata un'annata eccezionale. Il vassoio della grigliata aveva lasciato posto a un piattone di formaggi, e un'altra bottiglia era stata stappata. Decisamente migliore della prima. Del resto Sandra l'aveva candidamente ammesso: era un regalo fatto a suo marito da un cliente problematico, ma gentile.

Elisa si era alzata quatta quatta per sparire rapida nella sua camera, ora illuminata, al secondo piano. Sicuramente stava chattando malinconica con le sue amiche di città, fortunate per non essere state come lei deportate in un vuoto cosmico popolato solo da grilli e cicale. Biagio, in compenso, si era letteralmente catapultato sul fettone di gorgonzola contemplato in quella ricca varietà casearia, e aveva preso scrupolosamente a spalmarlo su tre crostini integrali in precedenza sistemati in bell'ordine e con estrema cura nel suo piatto.

– È un bimbo molto meticoloso… A volte perfino mi preoccupa…

Proprio mentre la discussione stava languendo, lasciando inappagata la mia curiosità, mamma mi aveva dato un assist fenomenale, che nemmeno Mancini a Vialli nei tempi migliori:

– Comunque siete stati proprio fortunati: una bella casa grande… così… piovuta dal cielo…

A questo punto, con quel minimo di teatralità che non guasta mai, avevo vibrato entusiasta la mia stoccata, sicura di dare la stura a un turbinio di repliche che avrebbero di certo soddisfatto ogni mia curiosità:

– Ma mamma! Che t'impicci? Saranno un po' fatti loro, no? Robe di famiglia… Mica da andare a rimestare con persone conosciute da due giorni…

– Figurati! E poi famiglia per modo dire: l'Ernestina, no, l'abbiamo frequentata un po' di più, ma Amilcare non lo vedevamo da anni! È che fa *malpru* vedere tutti quei soldi finiti chissà dove, chissà in quali mani… Mentre ci sarebbe stato chi ne avrebbe avuto bisogno. Per carità, mica solo noi, che a noi in fondo sarebbe bastato ben poco, ma magari poteva fare dei lasciti, della beneficenza… Pensa che la tomba di famiglia dove son finiti tutti e due, fratello e sorella, sta cadendo a pezzi. E probabilmente dovremo farla demolire, visto che non ci sono i denari non dico per restaurarla, ma anche solo per metterla in sicurezza!

Sandra aveva proprio il dente avvelenato, e non potevo darle torto: vedere sfumare un cospicuo gruzzolo così, senza poter farci nulla, indubbiamente doveva essere stato un bel colpo. Ma quanto cospicuo? E come aveva fatto a svaporare in niente? Morivo dalla voglia di saperlo!

– I Merello erano pieni di soldi. Un po' ne avevano di loro, un po' li avevano fatti durante la guerra. Il padre era sarto, sarto di lusso, e cuciva abiti e uniformi per fascisti e nazisti. Poi avevano aperto un negozio in via Venti. Ma mica un negozietto! Proprio un negozio da signori…

– Me lo ricordo sì: da gran signori! – aveva tenuto a ribadire mia madre.

– Dai, ma', ora non esageriamo... Roba da media borghesia!

– E non son signori, quelli?

– Vabbe', lasciamo perdere...

– Comunque – aveva continuato Massimiliano – per quanti ne guadagnassero, mio zio se li spendeva tutti...

– E come?

– Boh? Auto di lusso, ristoranti, viaggi, perfino una barca. E neppure piccola. Ma finché c'era il negozio... Insomma, le entrate coprivano le uscite.

– Poi è morto il padre: la madre ha tirato avanti per un po', più per non lasciare a casa le commesse che per altro, e alla fine ha chiuso. Dopo qualche anno se n'è andata pure lei.

Sulle note conclusive di un sospiro di circostanza, Sandra era andata a prendere la nostra torta gelato. Manco a dirlo, Biagio era già pronto col cucchiaio in mano, bello dritto e con lo sguardo anelante come si conviene a un bravo soldatino posto ad arginare la pericolosa invasione del variegato all'amarena. Elisa invece aveva declinato l'offerta: al richiamo della madre si era affacciata con le cuffiette alle orecchie e già addosso il pigiama. Per lei doveva essere veramente uno strazio, la nuova vita in cascina!

– A quel punto, ormai senza alcun freno – aveva ripreso Massimiliano tagliando fette generose, adagiate l'una dopo l'altra nei piattini che la moglie gli passava – Amilcare si era messo a dar fondo al conto in banca. Poi si è venduto pure la casa di Genova, e si è trasferito a Santa. E quando è morta l'Ernestina in men che non si dica ha fatto fuori anche i suoi, di risparmi. Del resto era l'unico parente diretto...

– E quando dice che è stata una fortuna, aver ereditato la casa, signora cara, ha ragione in pieno! Perché ci è mancato solo un pelo che non si facesse fuori pure questa, come quella di Santa, che alla fine se l'è presa la banca...

Che era un po' come dire che si era tolto di mezzo giusto in tempo.

– Quand'è che è mancato?

– Verso la metà di giugno, ma noi l'abbiamo saputo un bel po' dopo. Ai funerali ci avevano pensato la signora che gli faceva le pulizie e suo marito: c'erano molto attaccati, lo seguivano da anni. Intanto lui, da bravo paranoico, aveva lasciato istruzioni dettagliatissime sulle modalità di svolgimento del suo futuro funerale, assieme ai denari per pagarlo, in una busta dentro al cassetto del comò. Per cui non si sono dovuti sbattere neppure più di tanto.

– Ma com'è che è morto, il signor Merello? Era malato?

– Malato? Era sano come un pesce, anche se millantava patologie complicatissime e rare!

– E allora? – avevo chiesto stupita.

– Avvelenamento da funghi.

– Avvelenamento da funghi? Mazza che sfiga!

Lo sguardo di Sandra era stato attraversato da una repentina quanto intensa venatura di stizza mista a sincera perplessità: inutile dire che per loro quella morte improvvisa era stata una vera e propria boccata d'ossigeno.

Era ormai ora di andare a casa: mamma scalpitava già da un po', essendo ormai prossima la mezzanotte. I saluti erano stati calorosi da entrambe le parti, e ci si era ripromessi di rivederci presto, forse solo così per dire. A ogni modo mio padre sarebbe tornato da loro già l'indomani, per vedere se trovava cosa mai non funzionasse nella pompa del pozzo. La notte, scurissima, esibiva con gran sfarzo la sua parure di stelle: ormai giunto a metà del suo cammino, il Grande Carro pareva appeso proprio sopra le nostre teste, impigliato nelle fronde della vecchia quercia piantata dal bisavolo almeno un secolo fa.

Due

Il giorno dopo, nel tardo pomeriggio, avevo accompagnato papà da loro. Anche perché, per via di mia madre che si agitava già da un quarto d'ora, impaziente di tornare a casa, alla fine non avevo chiesto i dettagli di quella morte provvidenziale. E, come direbbe Carla, è noto che a me i morti piacciono un sacco. Tutti. Indistintamente.

Mentre mio padre trafficava alla pompa affiancato da Massimiliano che, imbranato come pochi, si limitava a passargli i ferri, peraltro spesso quelli sbagliati, io e Sandra ci eravamo piazzate sotto il pergolato d'uva americana, in ombra dietro la casa. Nel dopopranzo aveva fatto un caldo micidiale, ma ora un leggero venticello si era levato a rinfrescare la sera incipiente.

– A quanto dice Massi siamo un po' mezzi parenti…

– Be', non proprio… o forse sì, ma non di sangue: l'Ernestina era legatissima a mia zia Elvira. Zia per modo dire, in verità, trattandosi della sorella del padre di mio padre. Ed era stata, nominandola da viva, una rompiballe ad altissimi livelli. Stratosferici. Mio padre però c'era particolarmente affezionato perché aveva vissuto a casa loro per due anni: il marito, Luigi, l'avevano prelevato i tedeschi dall'Ansaldo nel '44, messo su un treno e portato in Austria, prima a Mauthausen poi a Linz, in un campo di lavoro.

– Anche mio nonno l'hanno portato via così…

– Dai vagoni piombati erano riusciti a buttare dei bigliettini, per avvisare le famiglie. La zia l'aveva saputo così, da una vicina che su quel treno aveva suo figlio: a lei, a sua volta, l'aveva detto la nuora. L'Elvira era svenuta sul ballatoio: era incinta di sei mesi. Per cui era venuta a stare dai nonni, e sul tavolo della cucina ci aveva pure partorito, ma il bambino era nato morto. Secondo mamma, perché papà, che c'era, era piccolo ma c'era, sostiene che era nato deforme, scuro e peloso, e che la levatrice l'aveva tolto di mezzo, pare semplicemente trascurando di aiutarlo a tirar fuori il primo respiro con la classica patta sul sedere, e gettandolo invece fra gli asciugamani sporchi di sangue. Il clima rigido di quell'inverno, e di quelle misere case, doveva aver fatto il resto…

– Terribile! Ma com'è che si sono conosciute con l'Ernestina?

– Allora: nell'estate del '46 lo zio Luigi aveva fatto ritorno, malconcio ma tutto intero…

– Mio nonno no…

– Di bambini non ne avevano poi più avuti, e grazie al discreto stipendio di lui avevano perfino fatto una vita quasi agiata: senza figli da tirar su, e da mantenere, l'Elvira si era tolta soddisfazioni che le sue sorelle e cognate nemmeno se le sognavano. Erano stati i primi del parentado ad avere la macchina, e tutte le estati andavano in vacanza in Trentino. È lì che hanno conosciuto l'Ernestina e suo marito, scoprendo di abitare a soli due isolati di distanza. Così hanno preso a frequentarsi: andavano in Carignano a vedere le commedie in genovese, qualche volta al cinema, a mangiar fuori. Fin tanto che gli zii di tuo marito non si sono trasferiti definitivamente qui, per via dell'età: la casa grande, un bel giardino, niente scale da fare, il negozio che, se chiedi, ti porta la spesa a casa… Intanto di lì a poco Luigi è morto. O meglio, come direbbe mia madre, è venuto a mancare. Subito sembrava che la zia reggesse bene, a parte che le era presa la fissa dei fiori per il camposanto, messi freschi a ogni visita, due volte la settimana. Poi, come succede, aveva iniziato a perdere la memoria, fino a trascurare definitivamente gli appuntamenti cimiteriali. La prima volta che mia madre, andando a *innandiarle* qualcosa da mangiare, aveva trovato il pentolino del latte carbonizzato e percepito un vago sentore di gas aleggiare per casa si era sentita in dovere di convocare gli Stati Generali del parentado per decidere sul da farsi. Dopo tre badanti datesi l'una dopo l'altra alla macchia non sopportando il caratterino della zia, si è alla fine optato per una casa di riposo. Nel paese vicino, di modo che i miei, ormai trasferiti qui in pianta stabile, potessero accudirla quel minimo.

– Ma l'Ernestina lo sapeva? Di avere la sua amica a due passi?

– Sì, ma non ha mai voluto andare a trovarla: le avevano detto che era ormai completamente fuori di testa e temeva di non reggere a quello strazio. Tra l'altro sono morte a un paio di mesi di distanza l'una dall'altra: per farsi compagnia hanno di fronte tutta l'eternità...

Si era alzata per andare a prendere le sigarette, appoggiate sul davanzale in pietra serena. Me ne aveva offerta una.

– Secondo te mi prendono a vendemmiare? Anche se non l'ho mai fatto, dico.

– Figurati se non ti prendono! Mica ci vuole una laurea, per vendemmiare... Solo che è un lavoro da bestie.

– Era così, per provare. E per guadagnare due soldi. Che fan sempre comodo. Tra l'altro fra un po' ci sarà la mazzata dei libri di Elisa: con meno di trecento euro non ce la caviamo mica...

– Se vuoi dico a mia madre di chiederlo a Marietto: ce l'ha proprio qui davanti la vigna, lui. Oppure ai Merli: per te sarebbe l'ideale. Sai, non sono come la gente di qui, *scubbia*, intendo: prima di comprare la tenuta, e di aprire l'agriturismo, abitavano a Novi. Che non è proprio una città ma quasi... Toglimi una curiosità: ma Merello alla sua età andava ancora *a per* funghi?

– Ma no! Non c'è mai andato: non ha mai messo piede in un bosco in vita sua!

– E allora? Di sicuro non li ha comperati, con tutti i controlli che ci sono…

– Magari glieli avrà portati qualcuno. Quei posti son pieni di *fungaioli*…

– A Santa? *Fungaioli* a Santa Margherita?

– No, noi diciamo Santa per praticità: in realtà stava sulle alture. Vicino a San Lorenzo. Un bel rustico in mezzo alle fasce di ulivi.

Il sorriso le si era increspato in un moto di dispetto: certo che trasferirsi in quel paradiso verde a picco sul mare sarebbe stato di gran lunga meglio rispetto al torpido Basso Piemonte. Ovviamente senza nulla togliere alla Casa di Gioia, che era e restava una bellissima cascina.

– Comunque, non dico che ci fosse da aspettarselo, però, visto quanto era goloso… Massi mi ha sempre detto che sperperava delle fortune in ostriche, caviale e champagne.

– Allora, più che goloso direi buongustaio… – avevo precisato con malcelata invidia.

Nel frattempo erano arrivati anche mio padre e Massimiliano, che pare avessero finalmente risolto il problema della pompa spompata.

– Tuo papà mi ha detto che hai rapporti con l'università…

– Sì e no: lavoro in una casa editrice che pubblica in prevalenza testi universitari, per cui mi capita sovente di avere a che fare con i loro autori. E devo dire che non è sempre un piacere. Vi state già informando per Elisa?

– No, è ancora presto… E poi deve decidere lei. In realtà è per via della casa di Santa…

Non capivo.

– Vedi, va bene che la casa in sé se n'è andata a farsi benedire, fagocitata dai debiti di zietto e dalle tasse di successione, però quello che ci sta dentro è nostro...

Continuavo a non capire. Soprattutto cosa c'entrasse l'università. Dovevo anche aver assunto la classica espressione da pesce bollito.

– Ti spiego: nel complesso è quasi tutta *rumenta*, però qualche pezzo di valore non è detto che non ci sia...

– Se vuoi posso mettervi in contatto con Lupo: uno di qui, restauratore provetto, che però, se serve, sa anche come piazzarli bene, i mobili. Perché se vai da un antiquario, quello tira a fregarti di sicuro.

– Grazie, terrò presente. Ma il nostro problema è un altro: vedi, ci sono un mucchio di quadri. A parer mio son tutte schifezze, di quelli che non capisci nemmeno cosa vogliono dire. Tipo tutti bianchi con una riga nera in mezzo... O rossa... Però, visto che praticamente per tutta la vita è stato socio di una galleria d'arte contemporanea, oltretutto, a quanto mi han detto, perfino importante, mi domandavo se conoscessi qualcuno all'università che potesse venirli a vedere, per valutarli. Almeno da sapere se si possono vendere oppure son da buttare e basta.

– Da buttare non credo proprio – l'aveva rimbeccato la moglie, che evidentemente in una loro eventuale vendita, e conseguente ricavo, ci sperava non poco – in fin dei conti tuo padre diceva che i quadri li vendevano perfino in America...

– In Germania, non in America!

– Comunque, se fosse stata spazzatura, mica sarebbero riuscita a piazzarla ai tedeschi, ti pare?

Mi ero intromessa, un tantinello titubante:

– Non so se all'università ci sia qualcuno in grado di darti una mano... Almeno io non ne conosco nessuno. Ma posso sempre informarmi. Però a settembre, quando riapre.

Era ovvio che avevo deluso le sue aspettative, tuttavia non aveva desistito:

– Settembre va benissimo, non preoccuparti. Intanto abbiamo tempo fino alla fine dell'anno, per sgomberare...

Per le sette e mezza eravamo a casa. Io avevo fatto giusto il giro del tavolo ed ero corsa a prendere Carla: quella sera i Merli facevano una delle loro famose degustazioni "sotto le stelle", il che voleva dire iniziare a sorseggiare un bel merlot alle otto e mezza e finire con un barbera vinificato "in purezza" da quattordici gradi a mezzanotte passata. Il tutto accompagnato da robe tipo pasta di lardo, coppe e prosciutti vari, formaggette e dell'ottima focaccia fatta in casa, talvolta perfino la farinata. Per non parlare della *cugnà*, che ormai riscuoteva successi su scala internazionale. Ragion per cui era buona norma saltare la cena, in modo da poter gustare quelle buone cose dalla prima all'ultima.

Alla fine si era aggiunto anche Marcello, che aveva approfittato dell'occasione per tenere il nostro consueto briefing pre-rientro al lavoro: all'ordine del giorno c'erano, come ogni anno, i resoconti delle rispettive vacanze e una sana *cetesata* sugli infiniti difetti del capo, come ovvio debitamente ingigantiti.

Eravamo arrivati ai Merli assieme a un'incantevole brezza soffiata dal "marino": il sole già basso accarezzava le foglie di vite tingendole di riflessi dorati, mentre le ultime rose quasi sfiorite illanguidivano lungo il viale inghiaiato di fresco. La cascina, giallina, sfoggiava una ghirlanda di glicine ancora fiorito, nonostante la stagione avanzata. Vista l'ora, i tavoli sparsi fra il prato e i filari erano quasi tutti occupati: qui una famigliola svizzera, là due coppie di francesi, in fondo un'allegra combriccola reduce, a quanto si capiva dai loro discorsi, da una partita a golf a Villa Carolina. Ci si era sistemati in un angolino tranquillo sotto il portico, mentre Anna iniziava la distribuzione di taglieri ricolmi di salumi misti, tutti rigorosamente "a chilometri zero". Per cominciare aveva proposto un Pian del Merlo, morbido e fruttato, che ci aveva servito in calici dallo stelo lungo e sottile.

– Vi siete divertiti, alle Lipari?

– Da matti: la Sara era da una vita che insisteva, ma devo dire che, per una volta, aveva proprio ragione!

– Io invece mi son fatta due palle tante...

– Penso che la Carla sia l'unica persona nell'universo mondo che riesca ad annoiarsi in Grecia... A Mykonos, per la precisione.

– Ma vuoi scherzare? Eravamo in un villaggio popolato da bambini e da dementi. E in particolar modo da bambini dementi. Che passavano dall'urlare come pazzi all'autismo catatonico davanti a quei maledetti arnesi elettronici. Che in compenso emettevano musichette devastanti. Giuro che è l'ultima volta che mi faccio fregare dalle colleghe...

– Quattro belle ragazze sole in quel paradiso in mezzo al mare... Possibile che non abbiate trovato una consona compagnia maschile?

– Figurati! Con Lucia in dieta stretta e pertanto nevrotica, e la Milena che l'ha appena mollata il fidanzato...

– Ma se saranno almeno sei mesi!

– Per lei è sempre "appena"... E la Danimarca? Com'è la Danimarca?

– Direi bella, se non ci facesse sempre quel freddo maiale: in pratica, l'estate ce la siamo fumata! Però Skagen è un posto delizioso, anche se con un mare imbalneabile, tanto è gelido! Lunghe passeggiate sulla spiaggia e cene luculliane in un alberghetto che nell'Ottocento era stato il punto di ritrovo degli impressionisti danesi. Tutto qui.

– Mi sa tanto che chi se l'è spassata di più sia stato il capo: tutto il giorno sotto il tendone del baretto dei bagni a giocare a scopone.

Con la Mariella fuori dai piedi in quanto patita dell'abbronzatura!

Nel frattempo ci era stato recapitato con solerzia un cestino di focaccine, alla salvia e al rosmarino.

– Alla Casa di Gioia sono arrivati dei nuovi vicini...

– Ma va'? Eh sì che era vuota da un pezzo...

– L'hanno ereditata...

– Ci hanno pensato un bel po' a trasferirsi: saranno almeno tre anni che l'Ernestina è morta...

– È per via che la casa è passata prima al fratello. Dell'Ernestina, intendo... Poi è morto pure lui: avvelenamento da funghi.

– *Belin* che jella! Bisogna proprio essere tonni!

– Mica son tutti nati nei *bricchi* come te, Marcello! Adesso cercano di sbarazzarsi delle robe del prozio. Pare che ci siano anche dei quadri, forse di valore. Mi hanno chiesto se gli davo una mano...

– Perché, sei diventata anche esperta d'arte, adesso?

Il cestino, ormai desolatamente vuoto, era stato prontamente sostituito da un piatto di formaggi. E le salse appropriate per accompagnarli, fra cui la famosa *cugnà*. Erano arrivati anche dei nuovi bicchieri, ancora più grandi, assieme a una bottiglia di Rossa d'ocra: una barbera da fine del mondo.

– Io no, però pensavo di chiedere a Prini. Suo padre è un importante collezionista: conoscerà sicuramente qualcuno...

– Prini? Ancora? Ma non ci avevamo messo una pietra sopra?

– Devi sapere, Carla, che per la tua amica le pietre non son mai definitive. Nemmeno quelle tombali...

– E poi, a te che te frega dei vicini? Sono arrivati l'altro ieri! Manco li conosci...

– Era così per fare qualcosa...

– Già, perché Nadia senza ficcare il naso nei fatti altrui mica ci sa stare! Si annoia...

– Scusa, ma non avevi detto che il rapporto con Valerio era troppo importante... Che non te la sentivi di metterlo in discussione...

– Ma è solo per chiedergli il nome di qualcuno a cui rivolgersi... Un numero di telefono...

– Tutte scuse! Di' che hai voglia di sentirlo e basta! Senza fare tante manfrine...

– *Bellicite*, Carla, che suocera che sei diventata! In fondo siamo rimasti buoni amici, anche se la "cosa" non ha avuto seguito...

– Buoni amici? Per me tiene ancora la tua foto in ufficio. Appesa al muro, e ci tira le freccette...

– Magari al tizio i funghi velenosi li ha regalati proprio lui in modo che schiattasse dando a Nadia una scusa per chiamarlo: i vice-questori, si sa, sanno essere diabolici...

Come al solito eravamo rimasti gli ultimi, così, dopo aver sbarazzato gli ultimi tavoli, Anna e il marito si erano venuti a sedere con noi, offrendoci un giro di grappa: avevamo chiacchierato del più e del meno, nella frescura della notte, col naso in su a guardare il cielo. Ma di stelle cadenti, manco l'ombra!

Tre

Ovviamente i saggi consigli di Carla non avevano per nulla scalfito la mia tetragona intenzione di telefonare a Prini, che fra l'altro un po' mi mancava. Dopo avere elucubrato a lungo su quale potesse essere il momento migliore per chiamarlo, visto che con tutta probabilità era in vacanza, verso le sette e mezza mi ero decisa:

– Ciao Franco, dov'è che sei di bello?

– Vivaddio ti sei fatta viva! Pensavo che ce l'avessi con me!

– Figurati! Solo che ho avuto un periodo un po' incasinato... – aveva la voce impastata – ...ma non stai bene?

– È 'sto caldo che mi ammazza! Poi quest'anno le ferie son saltate... Per via di mia madre: ha dovuto sottoporsi a un intervento e ci è mancato poco che andasse all'altro mondo...

– Una cosa grave?

– L'operazione no, roba di routine... Però poi s'è beccata un'infezione. Così mi è toccato andar su a Milano. Guarda, lasciamo perdere: due settimane a dover far vita con mio padre fiaccherebbe un toro! Figurati me... Ma tu che mi dici di bello?

– Che vuoi che ti dica, son qui dai miei, al paesello...

Incredibile: era come se non fosse successo niente! Come se ci fossimo sentiti il giorno prima, e gli ultimi quattro mesi non fossero esistiti...

– Ti ho chiamato perché avrei un problema...

– E figurati se mi chiamavi per il solo gusto di sentirmi! C'è un altro morto in circolazione? *Ahhrr ahrr.*

– No. Anzi, a dire il vero sì... Però sembrerebbe un morto "normale", questa volta. Si tratta di un mio vicino...

– Sarà mica che porti scalogna? Visto che attorno a te, i vicini, tirano le cuoia che è un piacere...

– No, no: questo è vivo e vegeto: è il suo prozio che è morto. Avvelenamento da funghi.

– Allora non so se posso darti una mano: non ho mai messo piede in un bosco in vita mia!

– Nemmeno il prozio, a quanto mi consta... In verità il problema è un altro: il mio vicino, Massimiliano Tagliafico, ha ereditato la casa e tutto quello che c'è dentro. Fra cui dei quadri di arte contemporanea. E visto che lui non è *guei* pratico... Insomma, dal momento che tuo padre è un collezionista mi chiedevo se potevi indicarmi qualcuno che potesse fare un'expertise...

– È carino il vicino?

– È felicemente sposato con una bella signora e ha due figli: il problema del "carino", almeno secondo i miei parametri, non si pone nemmeno!

– Sento mio padre e ti so dire: vedrai che ce la facciamo!

Ero subito filata a far la doccia: avevo appuntamento con Carla alle otto e mezza ed ero già quasi in ritardo. Purtroppo Carla ha la mania delle sagre e ad agosto, dalle mie parti, le sagre letteralmente si sprecano: sagre di tutti i tipi, con il solo comune denominatore di proporre piatti pesantissimi e ultragrassi, a dispetto degli oltre trentacinque gradi registrati dalla colonnina di mercurio. Polente, stracotti, zuppe di fagioli, bolliti misti, salamini d'asino, cinghiali vari e altre robe di questo tipo. Dico io: una bella sagra del prosciutto e melone, o dell'insalata di riso, no, eh? Nonostante la scarsa aderenza alle condizioni climatiche, queste sagre sono frequentatissime. La gente accorre a fiumi dai paesi vicini, perfino da Genova, per fare code megagalattiche alla cassa, e poi stiparsi su panche scomodissime dove sono vittime di sciami di zanzare assatanate. Comunque quella sera mi toccava: a Carla l'avevo promesso, e mi spiaceva darle buca.

– Ciao ma', io vado!

– Sei sempre in giro! Dov'è che vai, stasera?

– Alla sagra del Bue Grasso. Con la Carla.

– Quella sì che è una bella sagra: fanno dei ravioli che tirano su il cuore! Li prepara la Genia… Quando è finita, se gliene avanzano, dille di surgelarcene un paio di sacchetti da un chilo. Poi li va a ritirare tuo padre.

Il che voleva dire che avrei dovuto addentarmi nel fumigante girone infernale delle cucine, cercare la Genia che non mi ricordavo nemmeno più che faccia avesse, spiegarle di chi ero la figlia, eccetera eccetera… Però mica potevo dirle di no, a mia madre.

Uscendo avevo informato della pensata di mamma pure papà, intento a bagnare i pomodori. Che non l'aveva presa bene manco lui, dal momento che sarebbe dovuto andare a ritirare l'acquisto dalla Genia in persona, nota per essere una grande *stancacervelli*.

Quando eravamo arrivate, dopo avere impiegato mezz'ora buona per trovare parcheggio, c'era già una fila della madonna: famiglie con esponenti di almeno tre generazioni, fidanzatini reciprocamente coccolosi e sbaciucchianti, coppie mature, gruppetti di amiche… Tutti elegantissimi, con punte di sfoggio che arrivavano al top di lamé e al super-tacco leopardato. Con la gonna di jeans e una canottierina nera *basic* mi sentivo quasi fuori luogo. Anche Carla, del resto, era strizzata in un vestitino monospalla fucsia con scarpe in *pendant*…

– Va a finire che mangiamo alle dieci! – avevo grugnito infastidita.

– Va a finire che, quando arriva il nostro turno, avranno terminato i ravioli! Te l'avevo detto che era meglio venire un'oretta prima!

Dal palco dell'orchestrina dal nome vagamente anni Sessanta, "Roby e i Simpatici", già si diffondevano in sordina le note di polke e valzer d'altri tempi: inequivocabilmente provenienti da un CD, visto che i musicisti ancora latitavano, certo alle prese con un bel piatto di tagliolini fumanti, generoso omaggio della pro-loco organizzatrice della sagra. Avevano attaccato alla grande proprio mentre, un bel po' dopo, avevamo preso posto a un tavolo già popolato da un'allegra comitiva di pensionati. Fra la musica a tutto volume e il vociare dei commensali, amplificato dal tendone che avevamo sopra la testa, non c'era verso neppure di fare due parole. Quando un ragazzino dall'aria furbetta aveva recapitato a Carla gli agognati ravioli, e a me la classica bistecchina alla griglia, la pista da ballo era già gremita di danzatori estemporanei che si dimenavano all'unisono al richiamo imperioso del *Ballo del qua qua*. Avrei voluto già essere a dormire.

Proprio mentre "Roby" aveva iniziato a intonare con voce stentorea "nel continente neroooo… alle falde del Kilimangiaroooo" aveva squillato il mio cellulare: Prini! Mi ero guardata intorno sperando di trovare un posticino un po' più silenzioso, ma niente da fare: il massimo della privacy era spostarsi su una panchina una decina di metri più in là, al riparo almeno dal trambusto del "ristorante".

– Ciao! Non mi dirai mica che hai già avuto un responso dall'augusto genitore, no?

– L'*Hully Gully*? Ma dove caspita sei?

– Non farmi parlare! Alla sagra del Bue Grasso…

– Alla sagra del Bue Grasso? Tu? *Ahhrr ahrr*.

– Ridi, ridi! C'è ben poco da ridere: sono alle prese con una bistecca rinsecchita e un piatto di pomodori che di tutto sanno meno che di pomodoro! D'altra parte non è che avessi molta scelta: tutta roba che gronda, per l'appunto, grasso da ogni poro...

– Io comunque il mio l'ho fatto: ho chiamato papà e preso il contatto. Paolo Pincherle sembra proprio fare al caso nostro. Anche perché è il più vicino: ha la galleria a Savona.

– E si scomoda a venire? Gentile!

– Con tutti i soldi che deve aver spillato a mio padre, mi sembra proprio il minimo. *Ahhrr ahrr*. Se al tuo vicino andasse bene potremmo fare già dopodomani, che dici?

– Per me andrebbe benone: sento il Tagliafico e ti do un chiamo.

Quando ero tornata al tavolo Carla non c'era: finiti i ravioli si era fiondata alla cassa per ordinare una porzione di stracotto. A suo dire il migliore dell'intera galassia, anche se dubito che su Plutone o, chessò, su Vega, abbiano simili gusti alimentari. Di ritorno con la ricevuta, presto passata al ragazzetto lesto che aveva in carico il nostro settore, mi aveva guardato storto. E storto pareva che mi guardasse anche la mezza bistecca lasciata a raffreddarsi nel piatto. In più, sebbene fossimo all'aperto, non potevo nemmeno fumare, certa che i nostri commensali, tutti suppergiù sui settanta suonati, non avrebbero gradito la cosa. Perlomeno il dolcetto, non proprio fra i miei vini preferiti, era davvero buono. Me ne ero versata un pochetto nell'aborrito bicchiere di plastica.

– Figurati se c'è una volta che mi dai retta... Allora, alla fine, se ho ben capito, gli hai telefonato, a Prini!

– Gli ho telefonato, gli ho telefonato... Dovrebbe risolvermi il problema.

– Ma che problema e problema! Tutte scuse!

– Forse un po' sì... Diciamo che è capitata l'occasione. E buonanotte!

– Però per me non fai bene... Dovresti chiarirti. Con lui, con Valerio...

– Soprattutto dovrei chiarirmi con me stessa... Quanto a lui, è come se Valerio non esistesse... Eppure sa che c'è... E lo sa bene!

Lo stracotto, adagiato su due fette di polenta arrostite, era d'una quantità esorbitante: mi chiedevo se sarebbe mai riuscita a finirlo.

– Va detto che siete ben strani: quello bello pacifico sempre dall'altro capo del mondo, questo altrettanto pacifico che non si pone minimamente il problema... E tu nel mezzo!

– Mica tanto pacifica, però... Ma riesci a mangiarlo tutto?

– Stai scherzando? Oggi non ho quasi pranzato!

Sul ritmo della *Mazurka di periferia* ci eravamo alzate per dirigerci lentamente verso la macchina posteggiata ad almeno un chilometro di distanza, mentre ballerini questa volta provetti volteggiavano sfidando la legge di gravità e, spesso, anche quella anagrafica, visto l'età avanzata dei più. Quella sera si era andate dritte a casa: io non avevo quella gran voglia di sviscerare le mie contraddizioni e, per fortuna, la laboriosa attività digestiva della mappazza di carne che si era ingurgitata sicuramente aveva distolto Carla dal ruolo di psicoterapeuta improvvisata a cui si era dedicata con zelo e tenacia negli ultimi due giorni, graziandomi. Anche se ero sicura che prima o poi sarebbe tornata all'attacco.

Quattro

Dopo un minimo di trattative ci si era accordati per il venerdì successivo: giorno ideale per tutti tranne che per me, così costretta a rinunciare al weekend da Antonella a Moneglia programmato da tempo. Ci eravamo dati appuntamento sulla Ruta verso le sei, visto che Massimilano, ovviamente, quel giorno lavorava. Il gallerista, Paolo Pincherle, era arrivato con una Mercedes biposto decapottata rosso fiammante che aveva posteggiato proprio dietro la panda giallina: non c'era dubbio che aveva un senso cromatico proprio sopraffino. Peraltro, l'abito di lino nero portato con disinvoltura su una t-shirt a girocollo, e nera anch'essa, dava prova di un equivalente gusto nella scelta dell'abbigliamento: altissimo e snello, con la capigliatura bionda a raso delle spalle, poteva dirsi proprio un vero figaccione! Imbarcatici tutti sul SUV di Prini, che per l'occasione sfoggiava bermuda blu con tasconi e un'improbabile Lacoste verde pisello, avevamo finalmente raggiunto la casa di Merello, un bel rustico in pietra circondato da un giardino con dei rigogliosi alberi da frutto. Sopra e sotto muretti a secco impeccabili contenevano le fasce pallide dell'argento di ulivi secolari e contorti. Prima però c'eravamo fermati alla trattoria sottostante, quella dei Tassara, i due disgraziati che si erano ciucciati le mattane di Merello negli ultimi dieci anni.

Maggiorino Tassara era un ometto sui sessanta, più che meno, piccolino e asciutto come spesso sono i liguri da anziani: ci era venuto incontro dall'orto retrostante la trattoria, vestito da lavoro e con una zappetta in mano. Tagliafico l'aveva salutato con un trasporto che plausibilmente denunciava la sua gratitudine per essere stato manlevato dallo siropparsi l'Amilcare dopo la morte della sorella. E la sua presenza quel giorno era certo motivata da un misto di rispetto e riconoscenza per tutte le grane che quel brav'uomo e sua moglie si erano senz'altro dovuti sobbarcare. Non ultima quella delle esequie, per quanto meticolosamente predisposte dal defunto.

– Gnese! Accompagno 'sta gente a casa di Merello!

Agnese, la moglie, si era affacciata dalla porta della cucina, assentendo e salutandoci tutti col mestolo che brandiva nel pugno. Poco dopo eravamo immersi nella frescura di un portico lastricato in cotto, attorniato da grossi vasi di ortensie di un azzurro intenso: evidentemente i Tassara avevano continuato ad accudire l'abitazione come un tempo avevano accudito il suo proprietario.

Dopo aver trafficato a lungo con un mazzo di chiavi, finalmente Tagliafico aveva aperto la porta: subito, dinanzi a noi, un bel salone con i muri candidi, tranne quello su cui aggettava un immenso caminetto in marmo scuro, che era in pietra a vista. In effetti le pareti erano piene di quadri, taluni vagamente figurativi, talaltri astratti. Tutti di una bruttezza micidiale. Avevo buttato l'occhio su Franco, che mi stava alle spalle: la sua espressione basita lasciava trapelare un analogo giudizio. Due grandi divani in pelle nera, usurati dal tempo, erano disposti attorno a un tavolino basso di cristallo. In un angolo c'era un tavolo tondo in stile barocchetto. Barocchetto erano pure le sue sei sedie, e la cristalliera addossata all'inclinata delle scale in ardesia che portavano al piano superiore.

– Eccoci qua... – aveva mormorato Massimiliano rivolgendosi a Pincherle – che ne dice?

Aveva lo sguardo dubbioso. Come se pensasse di aver fatto tutti quei chilometri per nulla. Per fortuna, il ricordo delle *palanche* spillate a Prini-padre sicuramente a iosa avevano operato acciocché gli si stampasse immediatamente un bel sorriso sul volto abbronzato:

– Do un'occhiata più da vicino…

E si era messo a scrutare quelle croste immonde a una a una con aria grave e pensosa. Tagliafico era sulle spine. Alla fine era arrivato il responso:

– Tutto rappattume. Roba degli anni Settanta-Ottanta. Per la maggioranza sono di artisti che non hanno sfondato… I più hanno perfino smesso di dipingere… Qualcuno è già morto da un pezzo.

Massimiliano non voleva darsi per vinto:

– Facciamo un salto di sopra…

Al piano superiore c'erano tre stanze: un salottino in stile rococò pieno anch'esso di quadri dello stesso tenore di quelli di sotto e due camere da letto, una delle quali adibita in parte a magazzino. L'altra, quella in cui evidentemente dormiva Merello, sostanzialmente spoglia: un comò in radica di foggia razionalista, uguale ai comodini, un bell'armadio liberty, decorato da inserti d'ottone con ornamenti floreali, e un letto in ciliegio scuro: in fin dei conti una congerie perfino elegante, che faceva supporre d'essere frutto di più abitazioni dismesse, ciascuna col proprio stile, tutte di pregio.

Questa volta il quadro era uno solo, alle spalle del letto, di piccole dimensioni e di foggia decisamente diversa da quelli che avevamo visto finora: un paesaggio cittadino dai contorni spigolosi, con le volumetrie campite di colori pastosi e non realistici. Futurismo schietto. Pincherle l'aveva staccato con circospezione dal chiodo che lo reggeva, l'aveva scrutato per un attimo e aveva concluso:

– Questo sì che ha un discreto valore: è un Depero. E pure bello!

Massimiliano, prima scuro in volto, aveva tirato un respiro di sollievo:

– Bene! Benissimo! Si riuscirà a vendere con facilità, secondo lei? Sa, a noi dei quadri non importa un granché, non ce ne intendiamo... Tanto vale ricavarci qualcosa, le pare? Del resto è il suo mestiere, no?

Ma il gallerista l'aveva stoppato subito:

– In verità non mi occupo di questo periodo: io tratto esclusivamente arte contemporanea. Se però ha questa intenzione posso indirizzarla a qualche collega. O, ancor meglio, a una casa d'aste. Forse per lei è più comodo...

Nel mentre era salito anche il Tassara, che nel frattempo aveva dato l'acqua alle piante e raccolto un po' di frutta dagli alberi in giardino.

– Quello era il suo preferito! Mi diceva sempre: "Vedi, Maggio, questi faranno la mia fortuna!". Meschinetto, che brutta fine che ha fatto!

Il Tagliafico si era subito ringalluzzito, sollucherato dalla prospettiva di un più ricco bottino da offrire alla moglie in parziale risarcimento della nuova sistemazione rurale che aveva creato tanto trambusto in famiglia:

– Questi? Perché c'è ne sono degli altri?

– Altri tre, in cantina...

– In cantina? – era sobbalzato Pincherle.

– Sì, in cantina. Non voleva che lo sapesse il suo ex-socio, il Malinverni, che ce li aveva... Quello era un vero *gondone*: veniva sempre su con una scusa, e poi si portava via dei quadri... *U sciu* Amilcare era troppo bravo: si lasciava sempre infinocchiare. Ma quelli no: quelli non voleva mica mollarglieli. Li aveva fasciati ben bene e nascosti in cantina. In uno scatolone di polistirolo: glielo avevo portato io, uno di quelli dei gelati. Perché non patissero l'umido...

Pincherle era esterrefatto: tre Depero in cantina in un contenitore per gelati... Era evidente che non credeva alle proprie orecchie. A ovviare alla situazione di stallo indotta da quella rivelazione inattesa ci aveva pensato, divertito, Prini:

– E allora andiamo tutti in cantina!

Capitanati dal Tassara eravamo scesi di sotto e, attraverso una porta sistemata proprio presso il lavello di marmo della cucina, avevamo fatto ancora una rampa di scale in pietra che portava in un ambiente umido e scuro, rischiarato a malapena da una lampadina pendula coperta da uno spesso strato di polvere. C'era una confusione pazzesca: ovunque carabattole di ogni tipo e provenienza, vecchi mobili accatastati, sedie sfondate, un baule, scatole e scatoloni d'ogni sorta, fra cui uno su cui campeggiava la scritta "Sanson": il nostro! Con amorevole cura Maggiorino l'aveva aperto e ne aveva tratto due involti.

– Ma non dovevano essere tre? – aveva esclamato Massimiliano, visibilmente contrariato.

– Erano tre. Quando ce li abbiamo messi erano tre... Chissà che fine ha fatto il terzo...

– L'ex-socio? – aveva timidamente suggerito Prini.

– Figuriamoci! Quello non sarebbe mai sceso in cantina, sempre elegante com'è. E *u sciu* Merello non glielo avrebbe mai mollato. Manco morto!

Pincherle iniziava a dare segni di impazienza: se quella spedizione era stata certamente fruttuosa per Tagliafico, lui in verità non aveva risolto nulla, visto che non c'era nemmeno un quadro su cui avrebbe potuto lucrare. Si era incamminato per le scale, e noi l'avevamo seguito, docili. Arrivati alla trattoria facendo a ritroso la linda mattonata prima percorsa in salita, ci aveva accolto un buon profumino di sugo che aveva titillato i succhi gastrici di noi tutti. Del resto erano le sette passate... Franco ci aveva riportati a Ruta, dove avevamo espletato i soliti convenevoli di commiato. Pincherle, forse desideroso di compiacere il figlio del danaroso cliente, aveva dismesso quella che doveva essere una ruvidità abituale e si era rivolto a Massimiliano con fare accomodante:

– Le farò sapere al più presto i nominativi a cui rivolgersi per vendere i Depero, se è intenzionato a farlo...

Tagliafico aveva ringraziato con trasporto e si era infilato in macchina, scusandosi per la fretta che l'ora tarda gli imponeva. Una volta partito, non avevo saputo resistere alla curiosità o, per meglio dire, all'imperativo di farmi ancora una volta i fatti degli altri:

– Scusi, ma non è strano che uno che, a quanto ne so, si occupava di arte contemporanea, avesse ben quattro Depero? Lei stesso, che ha un'attività grossomodo analoga a quella svolta un tempo da Merello e dal suo socio, prima ha detto di non trattare opere di questo tipo, o sbaglio?

– Non sbaglia affatto – mi aveva risposto Pincherle con fare suadente – il mercato impone una forte specializzazione, e ogni periodo, addirittura ogni corrente artistica, ha i suoi esperti, le sue gallerie. È sempre stato così...

– E allora?

– Non le saprei proprio dire... È relativamente da poco che sono nel giro: una decina d'anni. A quanto mi risulta la galleria di Merello e Malinverni, "La Specola", ha chiuso una quindicina d'anni fa. Tutta la storia dovrebbe conoscerla bene un mio collega genovese, Manlio Capanni. Se è incuriosita vada pure a trovarlo, ha di recente aperto un nuovo spazio dalle parti di San Matteo: è una persona molto alla mano, e se ha davanti una buona bottiglia le racconterà con gioia vita, morte e miracoli del collezionismo genovese. Vada pure a nome mio.

Era salito in macchina, aveva messo in moto e se ne era partito via come un razzo, salutandoci un'ultima volta con la mano.

– Hai sentito che buon odorino veniva fuori dalla cucina dei

Tassara? – come al solito Franco mi aveva colto alla sprovvista – Ti andrebbe una cenetta rustica?

– E vada per la cenetta rustica. Avverto mia madre, che così ha una scusa per farmi il mazzo anche stasera!

Cinque

Così eravamo tornati sui nostri passi. La luce rosata della sera sfiorava le chiome dei castagni tingendoli di sfumature calde, quasi iridescenti. L'aria, immobile, stemperava il calore del pomeriggio in un'atmosfera sospesa. La trattoria dei Tassara emergeva dal verde con i suoi muri d'un bel rosso genovese. Essendo venerdì, come c'era d'attendersi, tutti i tavoli all'interno erano occupati: ne restava solo uno sotto il *bersou*, che però non era apparecchiato. Maggiorino ci si era fatto incontro, pregandoci di accomodarci in quello, subito approntato da una ragazzotta grassoccia in jeans e maglietta a righe.

– Se non vi dispiace mi siedo anch'io a mangiare qualcosa con voi...

Evidentemente quello era il posto riservato ai padroni di casa...

– Ma si figuri! Anzi, ci fa piacere! Così facciamo due parole.

L'espressione di Franco a malapena riusciva a celare un certo disappunto: la prospettiva di una cenetta tête-à-tête era sfumata nel nulla. Restava, però, quella succulenta di una cibaria sicuramente genuina, nella sua semplicità.

– Vi faccio portare due verdure ripiene: sono quelle dell'orto... Poi potete scegliere fra gnocchi al pesto – fatto in casa, eh! – e tagliolini col sugo di coniglio. Di secondo stasera la Gnese ha fatto coniglio in umido e *asado*.

Io avevo optato per il coniglio in umido. Anche Prini, che tuttavia non aveva saputo rinunciare ai tagliolini. La cameriera ci aveva portato le verdure come antipasto, anche se le porzioni erano più da piatto unico: zucchine, melanzane, peperoni imbottiti di quella sublime amalgama di carne tritata, cervella, *laccetti*, uovo e formaggio grattugiato che, con un pizzico di maggiorana e una spolverata di pan grattato, fa di questa pietanza una delle vette della cucina ligure, più terragna di quanto la si immagini di solito. Ad accompagnare il tutto, una caraffa di vino bianco, fresco e fruttato, sicuramente di produzione locale. Avevo subito approfittato della fortunata circostanza di poter parlare a tutto agio con chi mi avrebbe potuto raccontare qualcosa di più di quella bizzarra persona che pareva essere stato il signor Merello. Soprattutto mi faceva strano che i Tassara, a quanto pareva benestanti, con una trattoria ben avviata, l'avessero accudito fino all'ultimo.

– Lo conoscevate da tempo? L'Amilcare, dico...

– Da sempre. Solo che prima ci venivano di rado, i Merello. I vecchi quasi mai. Solo un po' d'estate. Lui ci faceva delle feste. Invitava gli amici, i pittori, quelli che gli compravano i quadri... Mia suocera andava a fargli da mangiare, con la Gnese... Stavano su tutta la notte. Una volta, al mattino, ho trovato un tedesco che dormiva sotto il fico, dietro casa. Come ci fosse arrivato non lo so. Era ancora ubriaco marcio.

– Si dava alla bella vita, eh? – aveva postillato Prini, con un pizzico di gelosia.

– Finché è durata. Poi son finiti in bassa fortuna. I suoi sono mancati, la sorella era sposata e stava per conto suo. Com'è andata non lo so, perché noi siamo gente che non si intriga nei fatti degli altri. Però pian piano si è venduto tutto: prima la casa dei suoi, un bel *scito* in piazza Corvetto, poi la sua, di più di dieci vani, in via Assarotti. E si è stabilito qui.

– E le feste sono continuate?

– Ma si figuri! Di tanto in tanto aveva delle visite. Gente di fuori, con dei macchinoni… Li portava qui a cena… Entrava bello contento e mi diceva: "Maggio, champagne! Champagne a volontà che dobbiamo festeggiare!". Io lo champagne non l'ho nemmeno mai bevuto! Così gli portavo una bottiglia di brut, quello che usiamo per le comunioni. E se lo facevano andare bene. Poi ha iniziato a non venire più nessuno. A parte Malinverni, il suo ex-socio. Anche lui sempre con delle macchine lunghe di qui a là…

Maggiorino e Franco avevano già davanti il loro bel piatto di taglierini, costellati di pinoli, che emanavano un profumo intenso e pungente. Mi faceva venire in mente di quando ero piccola e andavamo a pranzo dalla zia Vilma, che col coniglio aveva veramente le mani d'oro.

– Che tipo è, Malinverni?

– Mah… Noi non siamo gente che sparla… Però… Però Malinverni mi dava l'idea di un poco di buono…

– In che senso?

– Uomo elegante, per carità! Ma, quando veniva su, poi Milcare era sempre arrabbiato. Diceva che veniva a portargli via i quadri. Che se li vendeva e poi non gli dava mezza *palanca*… Io non so mica chi poteva comprarli… Quella roba là… Son tanto brutti! Non vogliono dire niente! Sarà che siamo ignoranti, ma vuol mettere quelli con le casette sul mare, le barche… La Gnese ne ha comperato un paio giù a Santa, quando c'era il mercatino: quelli sì che son belli: li guardi e ti viene in mente Camogli. O Portofino…

Non avevo nessuna intenzione di mollare la presa:

– Portava qui a mangiare anche Malinverni?

– Un paio di volte. L'ultima è stata l'anno scorso. D'autunno. Hanno litigato di brutto.

– E per quale ragione?

La moglie, finito con la cucina, si era venuta a sedere con noi, portando una *fiammenghilla* di coniglio alla genovese, con olive, patate, pinoli, e una bella bagnetta chiara che, solo a vederla, faceva venire voglia di toccarci il pane, alla faccia di tutte le regole del galateo. Ci aveva servito, poi se n'era tirata giù anche lei un bel piattone. Prini era a dir poco estasiato.

– Noi siamo gente che ci facciamo gli affari nostri, però quella volta Milcare era davvero arrabbiato! Era uno bravo, Milcare, ma quando gli facevano girare la ciribiricoccola dava di fuori, e si metteva a gridare. È per quello che ci è toccato sentire, vero Gnese?

– Vero, Maggio.

– Gli diceva che adesso basta, che era ora di finirla. Che o glieli pagava o non gliene dava più, di quadri. Che l'aveva rovinato. Che gli aveva mangiato tutti i soldi. Che gli aveva comprato un mucchio di macchine, anche una Mercedes...

– Ed era vero?

– Ah, io non so. Magari sarà stato pure vero. Ma è vero anche che Milcare aveva le mani bucate. Spendeva e spandeva a più non posso... Per questo è andato in rovina.

– La più furba è stata la sorella, l'Ernestina, che quando ha visto come girava si è trovata un brav'uomo, se l'è sposato e se n'è andata fuori dai piedi! – aveva rincarato la dose sua moglie – buttar via i soldi così... non è mica una bella cosa...

Il coniglio era davvero delizioso. Franco, con disinvoltura, si era esibito in quella che senz'altro era stata una delle migliori "scarpette" di tutta la sua vita. Goduto di soddisfazione, aveva preso ad accarezzarmi dolcemente la mano.

– Era proprio bravo. Buono come il pane. Pensate che, quando gli è mancata la mamma, alla Gnese le ha regalato il suo collier di perle. Perle orientali. Con la chiusura d'oro. E un brillante. Adesso c'è l'ha nostra figlia, che fa l'avvocato a Torino. Intanto mia moglie non ne ha di occasioni per mettersela. Non va nemmeno a messa. Non siamo gente di chiesa, noi.

– Ce ne ha fatti tanti di regali! A Maggio gli ha dato la cipolla di suo nonno. Perfino due tappeti, ci ha passato. Di quelli spessi, persiani: erano di sua madre, roba da signori… È anche per quello che gli siamo stati dietro fino alla fine.

– All'ultimo era tanto *miscio* che a momenti non aveva manco i soldi per comprarsi da mangiare. Perché non prendeva mica la pensione, lui. Non ha mai lavorato… Così la Gnese gli portava su la roba già pronta, dalla trattoria. E gli faceva un po' di lavori in casa.

– Aveva dei vestiti vecchi di dieci, vent'anni. Bella roba, fine… Ma non ci stava più dentro. Ero sempre lì ad allargarglieli. Anche se erano lisi da matti. A volte si conciava che sembrava un barbone. Pensare ai soldi che aveva una volta…

Ormai gli avventori se ne erano tutti andati. Restavamo solo noi, nella frescura della sera profumata dell'erba appena tagliata. Tassara aveva portato una bottiglia di grappa, senza etichetta, versandocela in dei minuscoli bicchierini di vetro spesso, a calice.

– Mi tolga una curiosità: secondo lei, i funghi dove li ha presi, Merello?

– Non saprei proprio… Io gliene avevo portato un po' una decina di giorni prima: avevo trovato dei bei porcini, e mia moglie li aveva fatti al funghetto. Poi fra cresime e *ribotte* varie, non ci ho mica avuto più tempo per andare nel bosco… Tra l'altro era anche venuta *sciughea*, qui attorno non ne son più nati. Tantomeno *buei*, ovoli, voglio dire… Sul mercato ce n'erano, cari da morire, ma non erano nostrani.

– Perché ovoli?

– Perché, quando l'abbiamo trovato, nel lavandino c'era un piatto sporco, e si vedeva che dentro c'era stata un'insalata di ovoli. Del resto l'amanita falloide, quando è ancora chiusa, al massimo si può prendere per un ovolo, mica per un porcino. Anche se bisogna essere *nesci* forte….

– E chi può averglieli portati?

– Ah, non so proprio… Ultimamente da lui ci veniva ben poca gente… Ora però, mi dispiace, ma devo proprio andare. Ho ancora da mettere a posto in cucina, che la Gnese oggi ha lavorato come un mulo. Però se volete restare ancora un po' a prendere il fresco, comodi.

– No, no, andiamo anche noi, che è tardi.

Prini aveva messo mano al portafoglio:

– Quanto le devo?

– Ma niente, figuriamoci, sarà per la prossima volta. Vi aspetto!

Ci eravamo diretti lemme lemme verso la macchina sotto una bella stellata.

– Prima, per caso, ho sentito che dicevi a tua madre che ti saresti fermata a dormire a Genova…

– Per caso… Perché, come direbbe Tassara, non siamo mica gente che origlia, noi…

– *Ahhrr ahrr* – aveva riso – non me ne lasci proprio mai passare una, eh? Sei proprio terribile… Comunque, dal momento che rimani a Genova, potresti venire da me, visto che uno spazzolino nuovo e un paio di mutandine di ricambio ormai li tengo sempre, così, nell'evenienza…

Sei

Tant'è non riuscivo a smettere di pensarci. Tutta la storia del signor Merello mi lasciava perplessa, da tanto era strana. Così avevo seguito il consiglio di Pincherle e mi ero attivata per vedere come potevo agganciare Manlio Capanni, il gallerista genovese. Avevo fatto un giro in rete venendo a scoprire che il venerdì successivo nella sua galleria si inaugurava una mostra dedicata agli anni Settanta, che evidentemente dovevano essere il suo "cavallo di battaglia": tre artisti a me completamente ignoti che, a quanto pareva, avevano un curriculum mirabolante. L'occasione era ghiotta: potevo andare un po' a tastare il terreno e, nel caso, ficcanasare senza dare troppo nell'occhio. Avevo pensato bene di coinvolgere nella "spedizione" anche Dora, la mia vicina psicologa che era stata una delle "vittime" privilegiate della Marinin, quella che mi avevano schiattato praticamente sulla porta di casa un paio di annetti prima. Tra l'altro Dora era un'appassionata d'arte, e in quell'ambiente stravagante mi poteva essere d'aiuto. Ci eravamo viste nell'animato viavai di Soziglia e avevamo risalito assieme il *carruggio* che porta a San Matteo: come sempre era elegantissima, in un abitino color glicine che faceva risaltare a meraviglia la capigliatura bionda e mossa.

– Con tua cognata come va?

– Da schifo, Dora, da schifo come sempre. Adesso rompe le palle a stecca perché vuole farsi intestare la casa dei suoi.

– E come mai?

– Le è venuta la fissa che se un domani io e Valerio ci sposiamo potrei, potremmo avanzare delle pretese…

– Ma hai intenzione di sposarti?

– Figurati! Non mi è mai passato nemmeno per l'anticamera del cervello… Ce n'ho già *a basta* della mia, di casa, mi ci mancherebbe anche quel robone malconcio *imbriccato* sopra Chiavari… È solo che ha voglia di rompere, e basta. Ciclicamente le prende questo trip, di non lasciarci quietare, e via andare. Allora inizia a stressare sua madre, che a sua volta stressa Valerio, che a propria volta stressa me: è una delle pochissime persone che conosco in grado di fartele piatte per interposta persona. Poi in faccia ti fa di quei sorrisi… A volte penso che abbia davvero ragione mia madre quando dice che la coppia ideale è un figlio di NN che si mette con una figlia di NN.

– Già… Ci sono casi che con la famiglia, d'origine o acquisita, è necessario rompere. Per il bene di tutti. Soprattutto per la loro sanità mentale. Ma non potrebbe trovarsi un uomo? Sarebbe un toccasana…

– Gattamorta com'è, di uomini ce n'ha una fila… Solo che non ce n'è uno che le vada bene: o sono troppo grassi, o troppo disordinati, o son pantofolai, o vorrebbero andare in giro in continuazione… Ne aveva trovato uno fin decente, almeno dal suo punto di vista: una vera pecora, che tutto quello che gli diceva ubbidiva come un soldatino…

– E alla fine?

– Alla fine s'è stufato e l'ha mandata a cagare!

– Una mossa da maestro!

Chiacchierando delle mie grane parafamiliari, passin passetto, eravamo arrivate alla galleria. Davanti all'ingresso, un piccolo capannello di persone eleganti, perlopiù uomini, parlottava sommessa sorseggiando flûtes di prosecco, e fumando. Come sempre Dora aveva catalizzato gli sguardi maschili pur non facendo nulla di particolare per attirarli a sé. Non eravamo quasi nemmeno riuscite a mettere il naso nell'ampio salone tinteggiato di bianco e già si era presentato un tipo che con fare fra il mieloso e il galante ci aveva abbordato, anzi, aveva abbordato la mia accompagnatrice, con il classico "Noi ci siamo già visti da qualche parte, o sbaglio?".

Dentro c'era una grande confusione, soprattutto nelle dirette vicinanze del tavolo dove era stato allestito un buffet pantagruelico: i soliti salatini, patatine, stuzzichini vari passavano infatti in second'ordine rispetto a una mezza forma di gorgonzola che si *spatasciava* mollemente in un vassoio, un prosciutto di Parma posizionato sull'apposito attrezzo che ne consente l'affettatura a mano, e svariati salami di dimensione diversa, ciascuno sul proprio tagliere in legno. Quanto al vino, più ancora del "classico" Valdobbiadene, mi aveva colpito un bottiglione con tanto di macchinetta metallica a scatto, tappo in ceramica e relativa gommina, contenente quella che, così a occhio, dal colore giallo paglierino, aveva tutta l'aria di essere della Lumassina. E che, visto il contenitore, c'erano discrete possibilità fosse di quella buona, prodotto di nicchia di un qualche vigneto arrampicato su, nell'entroterra di Savona. Insomma, valeva la pena di assaggiarla. Giusto il tempo di indicarla timidamente col dito a un bel ragazzo moro col cerchietto in testa, e subito il tizio che lo affiancava dall'altra parte del tavolo aveva commentato:

– Brava signorina, vedo che se ne intende. Mica come quei macachi che gli basta vedere sull'etichetta un nome famoso per essere contenti. Quel che c'è poi dentro, mica gli importa.

– Sa, in genere diffido del "vino del contadino", però devo dire che questo, stranamente, mi ispira. Lumassina?

– Lumassina, Lumassina: me la fa un contadino che sta sopra di me, a Noli. Cresce su delle fasce che prendono il sole dal mattino alla sera. Be', come le sembra?

– Spettacolare! Veramente spettacolare!

– Dovrebbe assaggiare anche questo gorgonzola: lo produce un piccolo caseificio di Gattico, dalle parti di Novara. È da vent'anni che ci vado: col casaro ormai siamo diventati amici, e mi riserva le forme migliori.

– Purtroppo questa volta devo "passare": io e il formaggio non è che andiamo tanto d'accordo…

– Non le piace? Ma è un delitto!

– Più che altro non riesco a digerirlo in nessun modo. Noto con piacere che condividiamo la passione per cibi e vini non banali.

Aveva circumnavigato la postazione aperitivale per venirsi a presentare:

– Piacere, Manlio Capanni.

Ero rimasta di sasso: quell'omaccione corpulento, con il naso bitorzoluto e quattro peli scombinati sulla testa, in maniche di camicia e sandali, che serviva il vino e tagliava il salame, era il gallerista? Certo che rispetto a quel damerino di Pincherle c'era dal giorno alla notte. Di fronte alla mia espressione stupita aveva creduto di precisare:

– Sono il padrone di 'sta baracca. Finché ne avrò voglia, che se continua questa crisi faccio le valige e me ne vado in Madagascar a pescare.

– Nadia. Nadia Morbelli. Mi sembra di capire che lei è un vero buongustaio…

– Sì, li ho abituati bene, i miei collezionisti. Credo che qualcuno venga solo per questo. Del resto, oggi un catering ti spella vivo, e intanto ti propinano sempre le stesse cose preconfezionate. I camerieri in livrea saranno pure scenografici, ma vuole mettere un bel salame di Sant'Olcese? O di Orero? Di quelli ancora asciugati sul fuoco a legna? Poi c'è mio nipote, il figlio di mia sorella, che ha voglia di darsi da fare, e mi aiuta non poco. Sa, piacerebbe anche a lui fare questo lavoro…

Nel frattempo Dora giracchiava da un quadro all'altro, accompagnata da un tizio sussiegoso che sembrava volesse farle da cicerone.

– Si interessa degli anni Settanta?

– Si e no... È un po' complicato... Diciamo che mi piacerebbe approfondire. Soprattutto certi aspetti. Comunque, bella, la mostra...

– In effetti non c'è male, per essere stata messa su in quattro e quattr'otto: sa, questa non è propriamente stagione da inaugurazioni. Però quest'anno tanti non sono andati in ferie, visto che di *palanche* ce ne son poche, e gente in città ne gira parecchia, benché siamo solo ai primi di settembre.

D'un tratto nell'ambiente si era fatto silenzio: un signore azzimato, in un compito abito grigio, aveva iniziato a magnificare con tono stentoreo le opere appese ai muri, ripercorrendo le carriere dei tre artisti ormai attempati, tutti in seriosi completi scuri, uno perfino con la cravatta, che si erano posizionati al suo fianco. Il critico la stava tirando per le lunghe, e io iniziavo a dare segni di impazienza. Alla fine di quell'interminabile pistolotto didattico gli astanti se n'erano andati alla spicciolata. Eravamo rimasti davvero in pochi. Mi ero avvicinata a Capanni per vedere se riuscivo, in zona Cesarini, a cavarne qualcosa.

– Le posso rubare qualche minuto?

– Guardi, qui stiamo sbaraccando, – e in effetti il nipote era intento a riporre i pochi avanzi in un contenitore frigo – però, se le fa piacere, potrebbe unirsi a noi per la cena.

– Sono con un'amica – e gliel'avevo indicata con lo sguardo, intenta a confabulare con uno dei pittori.

– Può benissimo venire anche lei, le pare?

Dora aveva accettato con trasporto e, chiusa la galleria, ci eravamo diretti verso una giustamente famosa trattoria gestita da sardi, in via San Bernardo: un piccolo drappello male assortito ma compatto a scalpicciare sulle lastre lucide d'umidità nella sera anticipata dei vicoli, già dimentichi, fra i panni stesi e qualche "signorina" in attesa di clienti, dello splendore del sole che ancora invadeva via san Lorenzo.

Era apparecchiato per sei, ma un giovanotto solerte aveva subito aggiunto i due coperti mancanti. Avevo fatto in modo di sedermi di fronte a Capanni, onde evitare di tornare a casa col becco asciutto. Intanto la mia amica stava continuando a disquisire col pittore di prima in merito a complesse teorie estetiche: lui se la beveva con gli occhi. Il poverino non sapeva che difficilmente avrebbe battuto chiodo, considerato che i gusti di Dora in fatto di uomini sono raffinati almeno quanto la sua amabile conversazione. Archiviata la zuppetta di vongole, moscardini e fagioli in convenevoli vari, di fronte a un monumentale piatto di gamberoni, senza più tergiversare, avevo affrontato il problema. Del resto la vernaccia che ci avevano servito era sublime, il che, a detta del Pincherle, avrebbe giovato non poco a sciogliere la lingua del mio dirimpettaio.

– Lei lo conosceva Amilcare Merello? È morto da poco.

– E figuriamoci se non lo conoscevo! Anche bene, lo conoscevo. Matto come un cavallo, parlandone da vivo. Sono andato perfino al funerale. Eravamo in quattro gatti... Ben di più mi stupisce che lo conoscesse lei...

– Infatti non lo conoscevo. Ho saputo della sua esistenza solo pochi giorni fa, per una questione di eredità.

– Cos'è, lei, una curatrice fallimentare? Perché al massimo ci sarà stato da ereditare dei *puffi*, indebitato com'era.

– Sono un'amica del pronipote. Insomma, più che altro una conoscente. Però mi ha incuriosito il personaggio. Mi han detto che aveva una galleria piuttosto importante, ai tempi.

– Sì, la Specola. Ma in realtà la gestiva il suo socio, Nicola Malinverni. Un furbo di sette cotte, Nicola: aveva capito immediatamente che quel gonzo che bazzicava per i vernissage genovesi aveva velleità artistiche, era pieno di soldi e non sapeva come spenderli. Così l'ha accalappiato... Hanno aperto la galleria con le *svanziche* di Amilcare. Malinverni comprava, contattava i critici, organizzava mostre, faceva stampare i cataloghi, e Amilcare pagava. Ma non decideva niente o quasi, anche se il socio gli faceva credere il contrario. Perché in realtà, di quadri, non ne capiva un *belino*. In compenso Nicola aveva un istinto eccezionale: ci azzeccava sempre. In anticipo sugli altri di un bel po'. Solo che era un pirata...

Dopo i primi, maldestri, tentativi di "svestire" i gamberoni con coltello e forchetta, avevo optato anch'io per usare le mani, come del resto facevano i più.

– In che senso, un pirata?

– Nel senso che fregava la gente: artisti, galleristi, collezionisti. Tutti, insomma.

– E in che modo?

– In ogni modo che poteva. Le faccio un esempio: un quadro di Kelly l'ha venduto a tre persone diverse, contemporaneamente.

– Ma come ha fatto? Non se ne sono accorte?

– In questo senso era un genio, ma veramente: prima l'ha venduto a un noto armatore genovese. Dopo un paio di mesi glielo ha chiesto per esporlo in un museo in Germania, e quello ovviamente glielo ha dato, felice di far sfoggio all'estero della punta di diamante della sua collezione. A Francoforte, dove aveva un'altra galleria, lo ha rivenduto a un tedesco, premettendo che però avrebbe presto dovuto portarlo a Roma, alla Quadriennale, dove si stava organizzando una retrospettiva di quell'artista. A Roma lo ha venduto per la terza volta a un industriale, sempre accampando le stesse esigenze di partecipazione a esposizioni varie. Alla fine il quadro lo avevano pagato in tre, ma tra le mani c'è l'aveva sempre lui.

– I collezionisti devono essere ben fessi, allora...

– Diciamo che sapeva sceglierli per bene: tutta gente che, oltre a essere ricca sfondata, era tanto impegnata da non poter stare dietro a quel tourbillon di mostre in mezza Europa. E sufficientemente tronfia da godere di quella celebrità riflessa.

– Bel tipo, doveva essere.

– Obbiettivamente sì. Nel senso che piaceva molto alle donne. Almeno a quelle che subivano il fascino del "bel tenebroso". A prescindere che fosse un vero delinquente. Ne ha avute un sacco. Di ogni tipo: belle, brutte, ricche, povere, magre, grasse... Una sola gli è durata un po' di più: la Mary. Che poi, probabilmente, si sarà chiamata Galina, o Natascia, visto che era ucraina. La vedo ancora di tanto in tanto: ha un negozio di bigiotteria qui vicino, in Canneto. Una tosta, la Mary... Gli artisti, invece, lo odiavano tutti, eppure non ne potevano fare a meno, visto che la Specola, con la sua "filiale" di Francoforte, e un'altra a Milano, era una delle migliori gallerie del momento. Un momento che è durato almeno quindici anni.

Ai gamberoni aveva tenuto dietro una frittura che era una delizia, con acciughe, triglie, *pinolini*, e perfino le *scignurinne*: sarà stata una vita che non ne mangiavo.

– Perché lo odiavano?

– Perché non li pagava. Non gli dava manco una lira. Prometteva prometteva ma, alla fine, niente! D'altra parte il mestiere del pittore non è come gli altri: hanno bisogno di visibilità, di cataloghi, di relazioni... E in quello Malinverni era un vero maestro.

– Quindi lo detestavano ma dovevano fare buon viso a cattivo gioco...

– Mica tanto buon viso... Uno, a Parigi, una notte lo ha ammanettato alla ringhiera della stazione della metropolitana di Pigalle. Con un paio di quelle manette rifasciate in velluto rosso che vendono nei pornoshop, che lì intorno ce ne sono un mucchio. Lo ha liberato un *flic* che già albeggiava... Un altro, francese, si è perfino preso la briga di arrischiarsi ad attraversare la frontiera con una pistola nascosta sotto il sedile dell'auto. Si è presentato in galleria, l'ha tirata fuori e gli ha detto, nel migliore italiano che ha potuto: "Dammi i miei soldi: di ammazzarti non sono capace ma, se non me li dai, ti giuro che quel Richter che hai appeso dietro le spalle te lo faccio diventare un Fontana". Sa, no, Fontana: quello che fa i buchi e i tagli nelle tele...

– So, so... Ho un amico che ne ha uno in salotto...

Aveva fatto tanto d'occhi: improvvisamente, per lui, dovevo essermi trasformata in un soggetto di tutto rispetto. Infatti aveva subito ordinato una bottiglia di torbato d'Alghero che solo guardare l'etichetta ti metteva in pace col mondo.

– E qual era il ruolo di Merello, in tutto questo?

– Gliel'ho detto: ci metteva gli *sghei*.

– E basta? Non capisco...

– Merello era uno strano, l'avrà intuito... Non aveva mica tutte le rotelle a posto, nella zucca. Era benestante, e anche parecchio. Insomma, per lui era una specie di gioco: andare alle inaugurazioni, alle cene con i critici, con gli artisti... Fare la bella vita... Il Malinverni lo sapeva intortare bene, creda! Se lo girava per tutti i versi come se fosse stato un bambino.

– Me l'hanno detto tutti che era uno strampalato...

– Strampalato? Era fuori come un poggiolo. Aspetti che le racconto questa. Oltre che essere fuori, Amilcare era pure un mitomane: eravamo andati in Versilia per un'esposizione in grande stile, finanziata da una fondazione svizzera. Alloggiavamo in un albergo super lusso, con tanto di sauna, piscina e campi da tennis. Lui non aveva mai giocato a tennis in vita sua, ma alla sera, al bar, si vantava di essere stato un mezzo campione. Il barista, che se l'era bevuta come fosse acqua fresca, non va a dirlo a uno che campione lo era stato davvero, ed era lì in vacanza? Questo, bello contento di poter fare una partita come si deve, va da lui e si mettono a parlare di dritti, di rovesci, di battute. Oh, sembrava che Amilcare non avesse fatto altro nella vita che giocare a tennis! Noi non sapevamo più dove guardare. Ovviamente Malinverni, che era uno stronzo patentato, gli dava corda. Alla fine hanno affittato il campo per il giorno dopo, nel pomeriggio. La mattina Amilcare va a Marina di Pietrasanta, compra tutta l'attrezzatura, la migliore che c'era sul mercato, e si presenta all'ora fissata vestito di tutto punto: pantaloncini e maglietta Lacoste, rigorosamente bianche, Adidas ai piedi, racchetta ultra-tecnologica, almeno per quei tempi. Perfino il cappellino si era preso, di Gucci. Noi ci chiedevamo come sarebbe andata a finire. Non ci crederà mai, a cos'ha escogitato per non perderci la faccia: entra in campo saltellando, finge di prendere una storta, e inizia a rotolarsi sulla terra battuta mugolando dal dolore. Così la partita è saltata, e tanti saluti. Questo per farsi un'idea di quanto fosse matto Merello.

– E poi com'è che hanno chiuso la galleria? Mi ha detto che era piuttosto importante…

– Vede, Malinverni non solo era un pirata, era anche megalomane. Un pirata megalomane. – Aveva ridacchiato, come se se lo vedesse lì davanti – Credeva di essere un dio, di poter fare e disfare le cose a suo piacimento. Ed era pure geloso dei pittori, forse perché avrebbe voluto esserlo anche lui, ma non aveva talento: quando uno diventava solo un po' famoso, apprezzato, magari elogiato dalla critica, ci si metteva di buzzo buono per rovinarlo. Smetteva di proporlo ai collezionisti, di organizzargli delle mostre, faceva in modo che lo escludessero da quelle non allestite da lui. E in questo modo ha finito col darsi la zappa sui piedi. In più si era fatto un mucchio di nemici, che quando hanno potuto si sono presi la loro bella rivincita. Quando ha chiuso era più *miscio* di quando aveva iniziato.

– Adesso che fa, ce l'ha ancora una galleria?

– No, forse continua a vendere qualcosetta in nero, perché diversi contatti li ha mantenuti. Ma non sta nemmeno più a Genova: abita in una cascina dell'Appennino emiliano con la sua nuova fiamma, una cecoslovacca che si millanta pittrice e ha trent'anni meno di lui.

Ormai si era arrivati al dolce: i classici papassini.

– Mi tolga ancora una curiosità…

– Anche due!

– Quando ho accompagnato il pronipote di Merello a casa del prozio, assieme a un gallerista amico di un amico…

– Quello del Fontana, immagino…

– Già, quello del Fontana…

– Scusi se sono indiscreto: come si chiama il gallerista?

– Pincherle, Paolo Pincherle.

– Altro buono, quello! Ha iniziato che son meno di dieci anni e crede di essere Guggenheim. Ha già tirato tanti di quei pacchi, in giro! Dica pure al suo amico di stare in guardia. Comunque il Fontana non l'ha comprato certo da lui: tratta solo roba dell'altro ieri… è già tanto trovarci qualcosa degli anni Novanta…

– No, non l'ha comprato da lui. Anzi, non l'ha nemmeno comprato: gliel'hanno imprestato.

– Imprestato? Le giuro che in tanti anni che bazzico in questo ambiente è la prima volta che sento una cosa del genere. Ma torniamo al Pincherle: ha trovato niente di appetibile da Merello?

– No. A suo dire, tutto rappattume.

– Non mi stupisce: i quadri "buoni" glieli avrà certo fatti fuori Malinverni. E a lui saranno rimaste quelle schifezze dei pittori che si era messo in testa di "lanciare": perché, chiusa la Specola, quando il socio si era tolto per un po' dalla circolazione per evitare l'assalto inferocito del nugolo di persone che aveva fregato, Merello aveva aperto un'altra galleria. Con le sue solite manie di grandezza si era affittato uno spazio immenso in pieno centro e, un po' coinvolgendo gli artisti che già conosceva, un po', anzi, soprattutto, cercando nuovi talenti, aveva tirato ancora avanti un tre-quattr'anni, fra cocktail allestiti da Capurro e cene da Zeffirino. Quando ha dato fondo agli ultimi risparmi, fine: si è andato a rinchiudere a San Lorenzo e nessuno l'ha più visto.

– Però son venuti fuori tre Depero. Che in realtà avrebbero dovuto essere quattro. Mi è parso strano che in un settore così specialistico come il vostro, dove vi dedicate ciascuno a un periodo, a determinate correnti, ci fosse chi si occupasse di artisti contemporanei e di futuristi assieme.

– In questo ha pienamente ragione: anche per via degli acquirenti. Sa, i collezionisti sono in genere monomaniaci: seguono un filone e non si muovono di un pelo. Peraltro lei ce lo vedrebbe bene un Depero appeso vicino a un Fontana?

– No, infatti il mio amico vicino al Fontana ci ha piazzato un Alviani.

– Bisogna che prima o poi me lo faccia conoscere, il suo amico...

– Secondo lei come mai ce li aveva?

– Non me lo riesco proprio a spiegare: né lui né il Malinverni lo hanno mai trattato. Lo si sarebbe sicuramente saputo... Poi fosse stato uno, passi, si potrebbe pensare a un cimelio di famiglia, anche se i suoi erano gente semplice, mica se ne intendevano: avevano fatto i sarti praticamente tutta la vita. Come mai avrebbero dovuto essere quattro?

– Tassara, me lo ha detto Tassara, quello che con la moglie lo ha accudito negli ultimi tempi. Un quadro l'aveva appeso sopra la testata del letto, gli altri li teneva in cantina.

– In cantina?

– Sì, in un contenitore per gelati.

– Un contenitore per gelati?

– Per la precisione gelati Sanson… Gliel'aveva procurato appunto il Tassara, secondo il quale, ben fasciati, ce ne avevano messi tre. Invece, quando siamo andati a verificare, ne erano rimasti soltanto due. Chissà che fine ha fatto il terzo…

– Tra l'altro valgono un bel po' di quattrini. Magari ci ha messo su le zampe Malinverni…

– Mmmhhh, dubito… Se li sarebbe sicuramente presi tutti, considerata la sua attitudine masnadiera…

– In effetti ha ragione. Può benissimo essere che se lo sia venduto Merello: in fondo qualche conoscenza nell'ambiente ce l'aveva ancora… Peraltro si fa presto a controllare: un pezzo del genere non passa inosservato, specie al giorno d'oggi, con il mercato in crisi. Prendo qualche informazione e le faccio sapere. Me lo lascia il suo numero? Magari anche la mail, così la tengo aggiornata sulle nostre iniziative.

Gli avevo dato un biglietto da visita mentre finivamo il secondo giro di *filu 'e ferru*. Poi eravamo usciti nella notte dei *carruggi*, scura e silenziosa, che ci accompagnava col rimbombo dei nostri passi sul selciato, amplificato dall'angusta verticalità dei vecchi palazzi. Dora ancora chiacchierava fitto fitto col pittore. A Matteotti ci eravamo salutati, diretti ciascuno alle reciproche auto.

– Allora le faccio sapere, magari poi organizziamo una cena… Porti anche il suo amico, però…

Sette

Manlio Capanni era stato di parola: qualche giorno dopo, infatti, aveva chiamato per informarmi di quel poco che era venuto a sapere. A quanto pareva era stato più facile del previsto: un Depero compariva sul sito di una nota galleria zurighese, la Boross. Ovviamente non si poteva essere certi che si trattasse proprio del nostro quadro, tuttavia il fatto che in passato la Specola fosse in stretto contatto con il proprietario, e che l'immagine, con la relativa scheda informativa, fosse stata inserita poco prima della morte di Merello deponevano a favore di una risposta affermativa. Dunque era altamente plausibile che al gallerista svizzero l'avesse fornito proprio lui. A meno che non fosse finito fra le grinfie di Malinverni.

L'affare si andava ingarbugliando: l'Amilcare era non troppo felicemente trapassato subito dopo aver messo in vendita uno dei suoi "gioielli di famiglia", quelli che a suo dire avrebbero dovuto garantirgli una vecchiaia agiata, ammazzato da dei maledetti funghi portati non si sa bene da chi. E comunque la tela, a quanto pareva, era rimasta invenduta. Secondo Capanni ciò era facilmente comprensibile in ragione della generale stagnazione del mercato e, ancor di più, per via che si trattava di un autore, e di un periodo, che al momento non "tiravano" un granché. Nonostante le sue rassicurazioni, la faccenda continuava a puzzarmi di strano. E se pure fosse stato il Malinverni a passarlo alla

Boross, dopo averlo sottratto all'ex socio, le cose non cambiavano poi di molto. Così avevo deciso di farmi una *gira* in quel di Zurigo per vedere se riuscivo a scoprire qualcosa di più parlando direttamente col gallerista. Intanto settembre è sempre stato un mese fiacco per l'editoria, specie se universitaria, e il mio capo sarebbe stato ben lieto di concedermi in un periodo "morto" dei giorni di ferie che invece avrei potuto chiedere in uno dei momenti clou della nostra attività. E poi ancora uno scampolo di vacanza mi faceva piacere farmela, prima che iniziasse di nuovo il tran tran autunnale.

Così avevo dato la ferale notizia a mamma, che ovviamente era andata su tutte le furie un po' perché sosteneva che ero sempre in giro, un po' in quanto ci sarei andata da sola, circostanza che le consentiva di sfrucugliarmelo non poco in merito alla cronica assenza di Valerio, come al solito a migliaia chilometri di distanza per via di un lavoro, ingegnere robotico, che non capiva neanche bene in che consistesse.

La sera ero passata a casa di Carla, per salutarla. Ci eravamo sedute in giardino, con sua madre, la Melia, che ci gironzava intorno armata di cesoie per sfrondare le piante dei rami maggiormente provati dalla calura estiva e dall'arsura feroce delle ultime settimane.

– Domani torno alla base…

– Già? Ma non avevi preso ferie fino a venerdì?

– Sì, però volevo andare qualche giorno in Svizzera, a Zurigo. Salgo in treno, che di fare tutta quella strada in macchina non ne ho troppa voglia.

– Weekend romantico con Valerio? Vi incontrate a metà strada?

– Ma ti ci metti anche tu? Fra te e mia madre, con 'sto Valerio di qui, Valerio di là, siete veramente asfissianti…

– *Belandi*, come sei suscettibile!…

– No, è che mi madre ha appena finito di farmi uno dei suoi soliti cazziatoni...

– Ci vai da sola, a Zurigo?

– E dagliela! Questo è esattamente il nocciolo della *pippa* che mi son sorbita da mamma. Sì ci vado da sola, non è mica vietato.

– Scusa l'improntitudine, ma cosa ci vai a fare, visto che a te, a quanto dici, la Svizzera ha sempre fatto schifo?

– È per via dei quadri che ha ereditato il mio vicino, quello che è venuto a stare nella Casa di Gioia.

– E a te che te frega dei suoi quadri?

– Mah, è un po' tutta la vicenda che è bizzarra: intanto il morto era un tipo bislacco. Poi nella villetta dove viveva quasi in miseria ci abbiamo trovato tre Depero...

– Tre Depero? Meno male che era in miseria! Cosa aspettava a venderseli?

– Aspetta c'è di più: in origine erano quattro. Uno è sparito. Da casa, intendo: è stato messo in vendita da una galleria di Zurigo. È per questo che volevo andare a dare un'occhiata, per cercare di vederci chiaro in 'sto casino.

– A me sembra tutto chiarissimo: il pazzoide è pazzoide fino a un certo punto, e quando si rende conto di essere alla canna del gas si vende un quadro che vale un patrimonio, e intanto sarebbe finito a un erede che a momenti manco conosceva. Sei tu che, a volte, corri troppo con la fantasia.

Intanto sua madre ci aveva portato una bottiglia di Coca light con due bicchieri.

– Ti sei messa di nuovo a dieta?

– Sì. In vacanza avrò messo su tre chili buoni...

– Saranno pure fantasticherie però sotto sotto c'è qualcosa che mi puzza. Ti spiego: ho parlato con un gallerista che conosceva bene il morto, un tal Capanni, peraltro un uomo veramente simpatico, e alla mano. Mica come quel *berodo* del Pincherle... Be', mi ha detto che la galleria zurighese in questione anni fa era una vera potenza internazionale, e ancor oggi gode una fama di tutto rispetto.

– Allora Merello ha scelto bene: magari non era neppure così matto...

– I proprietari, Lázló e Klara Boross, si erano trasferiti in Svizzera dall'Ungheria un attimo prima che scendessero in piazza i carri armati. Entrambi usciti da una nota accademia di belle arti di Budapest, all'avanguardia soprattutto per quanto concerneva la grafica, avevano presto tessuto una rete di rapporti con altri fuorusciti, tutti gravitanti nell'ambiente artistico e culturale. Così erano entrati in contatto con Vasarely, che deve averli aiutati non poco a sistemarsi per benino e ad aprire la galleria. Dove commerciavano anche e soprattutto le sue opere.

– *Mizzega* che botta di culo! Per essere dei profughi pare se la siano cavati mica male...

– Anzi, benone! Si vociferava però che il legame con Vasarely fosse cementato anche da un coinvolgimento diretto dei due nel lavoro dell'artista: entrambi grafici provetti, nel momento di maggior fama, quando i suoi quadri erano richiestissimi, pare che lo abbiano spesso affiancato nella loro realizzazione, seguendo ovviamente con scrupolo i progetti elaborati da lui. Che poi li firmava, facendoli diventare "autentici" a tutti gli effetti. Ma non ti gonfia la pancia buttar giù tutta quella Coca-cola?

– È che ho una fame porca, e ingurgitare del liquido non calorico spero me la faccia passare.

– Non sarebbe meglio dell'acqua e basta? Comunque, il socio di Merello, Malinverni, aveva subito fiutato l'affare: perché sarà pure stato uno stronzo patentato ma, a quanto mi han detto, il suo mestiere lo conosceva bene, e sapeva farlo meglio di ogni altro.

Per cui inizia un rapporto di collaborazione con i Boross: questi gli davano i Vasarely e lui aveva aperto loro il mercato italiano. E tedesco, visto che aveva una galleria anche a Francoforte.

– Allora tutto quadra: mi sembra naturale che Merello, nel momento del bisogno, si sia rivolto a persone che già conosceva, no?

– Mica tanto, normale... Devi sapere che i Boross sono morti entrambi: Lázló un bel po' di tempo fa, e Klara l'anno scorso.

– Morti sospette, immagino. Perché sai, conoscendoti...

– Ma che sospette! Sono spirati tutti e due nel proprio letto. L'attività, però, l'ha continuata il figlio, Ulrich. Che ovviamente Merello non ha mai avuto modo di conoscere, visto che quando bazzicava Zurigo con il socio non solo era un bambinetto, ma stava pure in un collegio esclusivo dalle parti di Basilea. Poi è andato a studiare a Londra e ha iniziato a lavorare per Christie's.

– Merello potrebbe però comunque averlo contattato in nome della vecchia amicizia col padre, ti pare?

– È appunto quello che voglio andare a verificare. Ora però sgommo rapida, che se arrivo tardi per cena stasera, che è l'ultimo giorno che son su, mia madre mi *mette a perdere*...

Ero in casa alle sette e mezza spaccate, ma mamma aveva trovato modo di mazziarmi lo stesso: aveva il *belino* di traverso per via della mia trasferta zurighese in solitaria, e non c'era verso di metterla in ragione. Alla fine me n'ero andata a dormire alle dieci, esausta dopo aver subito un estenuante fuoco di fila in merito a tutte le cose secondo lei sbagliate che avevo fatto nella vita, a partire dall'essermi beccata la scarlattina due giorni prima della comunione fino all'infausta scelta di Valerio come fidanzato. Passando naturalmente per l'idea stupidissima di andare a lavorare in una pulciosa casa editrice invece che fare la professoressa di italiano e latino come Carla.

L'indomani, tornata a casa, ero passata a salutare Dora, anche per sentire le sue impressioni sul vernissage di qualche giorno prima. L'appartamento rivelava appieno il suo gusto raffinato: una sala spaziosa arredata con uno spiccato senso del colore dove a prevalere erano i toni dell'azzurro, fatti ben risaltare da una tinteggiatura di un giallo pallido. Appesi ai muri, quadri di Luzzati e *affiches* di spettacoli teatrali: un'altra delle sue grandi passioni. Aveva preparato un tè verde aromatizzato al gelsomino, che aveva servito in tazze di porcellana finissima, decorate di festoni in stile liberty.

– Stamattina, andando al lavoro, ho incontrato in ascensore Stefy "pancia-piatta"...

– Bell'inizio di giornata: ce l'aveva su col suo ex marito o ti ha solo invitato a notare quanto fosse piallato il suo bel pancino anche dopo le vacanze?

– Non c'è nemmeno andata, in vacanza. Dice per via della crisi...

– Ma se è piena di soldi! Anche perché non fa mai un *belino*: a cena fuori non ci va per non ingrassare, aperitivi, idem, e poi intanto è pure astemia, viaggi non ne fa perché è troppo *rumescio*... Che vita di cacca! Guarda che è proprio una *peppia*...

– Chi mi preoccupa, invece, è il tuo vicino...

– L'altro buono! Sbraita al telefono dalla mattina alla sera. C'è l'ha con la sua ex, anche lui. Solo che gli urla dietro insulti improponibili a un volume da tenore verdiano. È un condominio di pazzi, questo!

– Ieri cantava per le scale. Una canzonaccia. Qualche volta parla pure da solo...

– Di zucca non c'è proprio... La settimana scorsa gorgheggiava come un usignolo, stonato, però, a mezzanotte passata. Come ti è sembrato, l'altra sera?

– È stato veramente piacevole. Poi sai che amo la compagnia degli artisti. Ti comunicano tanta energia. Positiva.

– Che ne dici di quel pazzoide di Merello?

– Sai, ho sentito a spizzichi e bocconi… Però mi pare che il gallerista ci abbia azzeccato, definendolo un megalomane. Ne ho diversi di pazienti così: in genere sono innocui, a se stessi e agli altri, a meno che non sviluppino turbe paranoiche, o maniacali. Non mi stupisce che sia finito povero in canna: non hanno una percezione realistica di quello che possono o non possono fare. Ma non ne aveva, di parenti?

– Una sorella, prozia di un tizio che è venuto a stare vicino a noi al paesello. Anche lei senza figli. Mi han detto che lei era "normale"… Per un po' l'ha seguito, poi si è fatta una sua vita. Peraltro già in là con gli anni. A quanto mi risulta ha sempre evitato con cura di star dietro alle mattane del fratello: il marito stava abbastanza bene, economicamente. E lei lo ha lasciato cuocere nel suo brodo, senza preoccuparsi troppo dei denari che scialacquava.

– Saggia decisione, in fondo. Ma come se li è spesi tutti quei soldi? Mi sembra di aver capito che erano parecchi…

– Sicuramente aveva manie di grandezza, e poco cervello per sapersele gestire… Ma forse inseguiva un suo sogno, che in parte è riuscito pure a realizzare: essere qualcuno nel mondo dell'arte. Anche se sempre all'ombra del suo socio. Tassara, quello che lo aiutava negli ultimi tempi, nella sua semplicità mi spiegava che col Malinverni aveva un rapporto di amore-odio: da un lato capiva che lo sfruttava, dall'altro non poteva farne a meno. Quello, invece, lo considerava un pollo da spennare. E basta.

– Le classiche dinamiche vittima-carnefice. Solo che in questi casi, di solito i ruoli di tanto in tanto si invertono…

– Mi sa che questa volta è andata diversamente. Vado! Domani parto presto e devo ancora mettere quattro cose in valigia. E calcola che sicuramente mi telefonerà mia madre che, con la scusa di aggiornarmi sulle condizioni meteo della Svizzera tedesca, troverà modo di elencarmi con dovizia di particolari tutti gli eventi recenti e remoti in cui una viaggiatrice sola è stata oggetto di abusi da parte di malintenzionati, dal semplice ladro su su fino al serial killer collezionista di mignolini amputati.

Otto

Ed eccomi sul treno per Zurigo: dal finestrino il paesaggio, risucchiato all'indietro dalla velocità, cambiava lentamente, sfumato come in un diorama. I campi di riso ormai gialli avevano fatto spazio a scenari alpini, finché il lago di Lugano, luccicante al sole, non mi aveva fatto socchiudere gli occhi per i suoi bagliori. Lo avevamo costeggiato a lungo, il lago, infine ce l'eravamo lasciato alle spalle per perderci nello smalto verde di pascoli e prati. Aveva ragione Carla: io, la Svizzera, l'ho sempre detestata. La trovo noiosa, con i suoi paeselli lindi e perfettini, con le loro casette coi fiori sul balcone che ricordano tanto gli orologi a cucù. Noiosa e stucchevole, per la sua armonia calligrafica da sussidiario delle elementari. E poi monotona, imbalsamata da quel rigore calvinista che impone di alzarsi all'alba e cenare alle sei, se va bene.

Ero arrivata a pomeriggio inoltrato in una luce tersa e brillante. Il lago, popolato di cigni elegantemente remiganti sulla superficie increspata dell'acqua, era di un blu profondo. Avevo impiegato non poco a trovare il mio albergo, destreggiandomi fra i nomi assurdamente lunghi delle vie e un'urbanistica tutto meno che razionale. Giusto il tempo di una doccia e di fare la telefonata di rito a mamma per dire che ero arrivata sana e salva, a dispetto dei suoi pronostici apocalittici, ed ero salita nella città vecchia. I negozi artigianali di cioccolato si sprecavano. Avevo poi fatto un salto da Sprüngli deliziandomi a guardare le sue eleganti vetrine dove le praline sono trattate alla stregua di gioielli d'alta oreficeria, ora adagiate su drappi di tulle dai colori pastello, ora riflesse in mille cristalli colorati. Pensavo che avrei dovuto portarne una scatola a Prini: un autentico intenditore, in fatto di derivati del cacao. Ero entrata e avevo scelto una confezione particolarmente carina, nella sua sobrietà, chiusa da un bel cordoncino dorato. Mi ero lasciata tentare anche dai cioccolatini alla menta, di cui mia madre va matta. E delle *truffes* per Carla. Alla fine ci avevo smenato un sacco di soldi. Per meglio dire di franchi, che ogni volta bisogna calcolare a quanti euro corrispondono, e alla fine spendi sempre ben più di quanto ti eri immaginato.

Paventavo il momento della cena: sapevo per esperienza che mi sarebbe stato difficile trovare qualcosa non cucinato con chili di burro, così ero andata in cerca di un ristorante cinese, tailandese, giapponese, coreano: tutto sarebbe andato bene, basta che non fosse svizzero. Dopo un lungo girovagare dedicato a un'accurata comparazione dei prezzi, avevo optato per il sushi: un bel localino un po' fuori mano, dalle parti dell'antico quartiere ebraico. Pochi tavoli, pochi avventori, pesce ottimo a prescindere dalla lunare distanza dal mare. Attorno alle undici e mezza mi ero incamminata verso il mio albergo, praticamente dall'altra parte della città. Nonostante fosse un venerdì le strade erano quasi deserte, e semideserti erano anche i bar, quelli ancora aperti, almeno: evidentemente la movida, a Zurigo, prendeva vita in luoghi che il mio itinerario di ritorno non aveva intercettato.

Mi ero svegliata presto, la mattina successiva, con l'intenzione di farmi una bella passeggiata lungo le sponde del lago. Poi avevo speso un po' di tempo prima per cercare in rete la via in cui si trovava la galleria, dopo per trovarla fisicamente, in quel groviglio di strade alle spalle del ponte. Come ovvio era chiusa: un cartello scritto nelle quattro lingue cantonali, più l'inglese, informava degli orari di apertura e della possibilità di essere ricevuti su appuntamento. Le tre vetrate che davano sulla strada non consentivano di farsi un'idea precisa dell'interno, essendo ciascuna occupata da una paratia in cartongesso su cui davano bello sfoggio di sé un Haring e due Basquiat: sicuramente si trattava di vetri blindati, immagino capaci di sostenere la forza d'urto financo di un ottantotto da spiaggia. Qualche soddisfazione in più l'avevo avuta sbirciando dal portoncino, al di sopra della targa poliglotta: si trattava di un ambiente spazioso, con pochi quadri esposti, tutti di dimensioni ragguardevoli. In fondo una parete ondulata in vetrocemento lasciava intravvedere dalla porta semiaperta una scrivania in cristallo sovrastata da un'immensa libreria e un divano Frau rosso fiamma. Bene, ormai un'idea me l'ero fatta: potevo tranquillamente andarmene a girare per i negozi del centro e tornare attorno alle cinque, quando l'avrei trovata aperta.

Mi ero scocciata quasi subito di guardare vetrine con prezzi improponibili, e avevo scelto un bel dehors lungo il fiume per sorseggiare un buon bicchiere di vino alsaziano, saggiamente propostomi da un anodino cameriere dal ciuffo biondissimo, e insieme godermi quel bel sole settembrino. Un impercettibile senso d'angoscia era però intervenuto a turbare quella condizione quasi perfetta: e se Ulrich Boross quel giorno non ci fosse stato? Poteva benissimo essere ancora in vacanza e aver affidato la "normale amministrazione" dell'attività a dei suoi collaboratori. I quali, mi chiedevo, avrebbero saputo, o potuto, darmi le informazioni che volevo? Altro problema: in un caso o nell'altro, in quali termini avrei dovuto porre la questione? Tipo: "Ho visto che ha un Depero in vendita, sono interessata ad acquistarlo: qual è la sua provenienza?", oppure: "Ero un'amica del signor Merello: lo sa che è mancato? Il nipote vorrebbe liberarsi degli altri tre Depero rinvenuti in casa: sarebbe disponibile a trattarli? Perché quello sul sito glielo ha procurato lui vero?", o invece: "So che i suoi genitori conoscevano bene il mio amato zio Amilcare Merello, che da poco ci ha lasciati: prima di morire mi ha detto che aveva ripreso i contatti con lei...". Magari addirittura: "Piacere, Nadia Morbelli. Sono venuta su a ficcanasare su quel demente di Merello... Sa, io adoro farmi i fatti degli altri". O invece: "Scusi, caro Ulrich, che, se mi permette è proprio un nome del piffero, è stato lei a portare ad Amilcare i funghi che lo hanno stecchito? Lo ha fatto per intascarsi i soldi di quel maledetto Depero?". Sempre, ovviamente, che Ulrich, o i suo manutengoli, parlassero una lingua a me nota, perché se si esprimevano solo in tedesco o in ungherese avevo fatto il viaggio inutilmente. Anzi, sgranocchiando una nocciolina dietro l'altra, mi ero via via definitivamente persuasa dell'assoluta inutilità di quella spedizione: figuriamoci se un gallerista serio va a spifferare alla prima venuta il nome del proprietario di un quadro in vendita! E poi, a Merello l'avrà pagato o no? Perché nel secondo caso, il più probabile, le mie domande, se non fossero state caute, l'avrebbero certo indispettito, visto che il quadro sarebbe stato da restituire ai legittimi eredi. Avrei voluto averci Prini, lì con me: col suo bel tesserino della pula le cose sarebbero state più semplici. Anzi, no: a parte che un celerino italiano con tutta probabilità non avrebbe avuto la minima voce in capitolo nella Confederazione Elvetica, e dunque mi sarebbe stato inutile, si sarebbe sicuramente messo di buzzo buono per smontarmi il "caso".

Alle cinque e mezza mi ero incamminata verso la galleria. Già a una certa distanza, di fronte all'ingresso avevo notato un qualche trambusto: parecchia gente stazionava fuori, e c'era perfino una macchina della *polizei*. Strano, a quanto avevo visto in rete non era prevista alcuna inaugurazione... Mi ero avvicinata con circospezione, favorita dalla confusione che regnava sul marciapiede. Poi ero sgattaiolata dentro: un casino della madonna! Un andirivieni incessante di gente che sbraitava al cellulare, una ragazza in tailleur blu che piangeva sommessamente accostata alla parete, un tipo con una macchina fotografica di tutto rispetto che controllava la riuscita degli scatti, poliziotti che andavano avanti indietro… Oltretutto non capivo una mazza di quello che stava succedendo perché tutti parlavano in tedesco.

Mi ero intrufolata nell'ufficio sul fondo: sul divano rosso che avevo occhieggiato al mattino dal vetro della porta d'entrata c'era un tipo robusto, completamente nudo con le mani chiuse in un paio di manette rivestite di peluche viola. Vedendole, mi era venuto in mente l'aneddoto raccontatomi da Capanni, e avevo concluso che, nel mondo dell'arte, quel tipo di manette dovevano essere un articolo molto gettonato… La faccia era paonazza, gli occhi strabuzzati, attorno al collo aveva ancora un nastro di pelle nera ornato di borchie: con buone probabilità quello con cui era stato strangolato. Sul pavimento una confezione di profilattici dai colori vivaci e un cappuccio di *lattex*, sempre nero, con due buchi per gli occhi e una cerniera all'altezza della bocca. In un canto, gettati a terra alla rinfusa, quelli che dovevano essere gli abiti del morto: un paio di calzoni candidi e una camicia kaki. Poco discosti, dei boxer in popeline a righe sottili. Il resto della stanza, però, era in perfetto ordine: sulla scrivania un grosso fermacarte in vetro colorato pesava su una piletta di fogli e di fotografie, una sculturina in bronzo, sferica, sicuramente Pomodoro, affiancava un bel po' di cataloghi ammonticchiati l'uno sull'altro, una bella lampada Artemide illuminava la tastiera del computer ancora acceso. Sulla spalliera della poltrona in pelle scura era appoggiata con cura una giacca bianca di lino. Un'altra, color tabacco, pareva osservarci silenziosa dalla sua gruccia appesa a un attaccapanni di acciaio cromato.

"Porca puzzola – mi ero scoperta a pensare – vuoi vedere che mi hanno fatto secco Boross prima di poterci parlare?"

Poi avevo realizzato che forse non era troppo igienico, per me, rimanere lì, su quella che, a tutti gli effetti, poteva essere definita "la scena del crimine". Tuttavia non riuscivo a staccare gli occhi dal cadavere impietosamente esposto alla vista di tutti nella sua posizione impudica: doveva essere stato proprio un bell'uomo, meticolosamente dedito alla cura della propria persona, come rivelavano la muscolatura palestrata il giusto, la pelle abbronzata e un'accurata depilazione delle gambe, delle braccia e del torace. Alcune ciocche di capelli, di un lucido castano chiaro, erano sfuggite all'elastico che fermava il codino dietro la nuca e ora gli invadevano il viso stravolto da una smorfia di dolore.

Dovevo assolutamente andarmene, prima che qualcuno mi chiedesse cosa ci facevo lì. Ero sgattaiolata fuori, per appiattirmi in un angolo della grande sala espositiva, ancora incerta se allontanarmi di soppiatto, ed era sicuramente l'opzione più sana, oppure far finta di niente e restare ancora un poco, confusa fra quanti avevano pieno diritto di rimanerci, per vedere se riuscivo a farmi un'idea, anche vaga, di quello che era successo. In quel momento, poco discosto da me, avevo sentito qualcuno che parlava italiano: un giovane uomo in jeans, camicia bianca e maniche rimboccate al gomito, discuteva animatamente al telefono, scostandosi di tanto in tanto il folto ciuffo che tendeva a scendergli sugli occhi. Mi ero avvicinata con circospezione:

– ...l'ha trovato morto l'impiegata della galleria... – spiegava con tono concitato al suo interlocutore – Bello che nudo e ammanettato... Sì, ammanettato con quelle robe da giochini hard... Lo sapevamo tutti che aveva quei gusti lì, ma mai più avrei immaginato... No, della ragazza, o delle ragazze, non c'è traccia, ma il "giro" che frequentava lo conoscono in tanti: dovrebbe essere abbastanza facile risalire a chi era con lui... Facciamo così, stasera fai un salto al Tannhauser, ci vediamo là. E se vengo a sapere qualcosa di più, ti so dire...

Un tizio segaligno gli si era avvicinato apostrofandolo in tedesco, e declinando le sue generalità: avevo sentito distintamente Thomas, e poi un cognome che ero stata in grado di cogliere solo in parte: Cabrini, Manzini, Marini, una roba del genere… Ed era stata l'ultima cosa provvista di un qualche senso in quella giornata infausta.

Nove

– Ciao Franco, sono Nadia... Ti ho mica svegliato?

– Nadia? Ma... ma... ma sono le due!

– Sì... però pensavo che visto che è sabato...

– Va tutto bene? Ti è successo qualcosa?

– No... insomma... in un certo senso sì...

– Ma dove sei?

– A Zurigo. In un commissariato di polizia...

– In un commissariato? Ma... ma... come mai? Un incidente? Ti avranno mica scippata? E che ci fai a Zurigo?

– Diciamo che mi hanno "trattenuta"... Pensavo che se ti metti in macchina ora, domani mattina ce la fai ad arrivare per tirarmi fuori.

– Trattenuta? Trattenuta! Oggesù! Cos'è che hai combinato stavolta?

– Figurati... Niente... Praticamente niente. È che mi sono spacciata per una giornalista...

– E che c'entra la polizia?

– È un po' lunga da spiegare... Sono andata alla galleria di Boross, quello che ha messo in vendita il Depero di Merello. Almeno credo che lo sia, così a spanne. Insomma, potrebbe esserlo.

– E per far cosa?

– Niente... così, per dare un'occhiata. Ma c'erano i poliziotti perché, nel frattempo, Boross ce l'avevano trovato morto dentro.

Così ho detto che ero l'inviata di un giornale italiano che si occupa d'arte. Il poliziotto smunto coi baffetti biondastri c'è cascato come un pollo.

– Allora perché sei finita lì?

– Perché mentre stavo curiosando in giro è arrivato il tenente, o capitano, non so, che mi ha chiesto di vedere il tesserino. Io ho battuto da *lucca* ma gli svizzeri son tipi tenaci. Specie quelli dei cantoni tedeschi.

– Ma non avresti dovuto telefonare a un avvocato?

– Non ne conosco... No, in verità ne conosco uno, ma è da una vita che mi fa una corte spietata, e sarebbe come offrirgli su un piatto d'argento l'occasione per tornare all'arrembaggio...

– Guarda, mettiti tranquilla che arrivo il prima possibile.

– Non preoccuparti: sono tranquillissima.

Alle otto e mezza era lì. E per esserci doveva aver violato non poche norme del codice della strada, prima fra tutte quella del limite di velocità. La barba lunga gli adombrava d'un velo scuro il volto tirato, segnato da due profonde occhiaie. Era entrato assieme a quello che sembrava un pezzo grosso parlottando con lui sommessamente in tedesco. La stanza, tinteggiata di un verdolino che, nelle intenzioni del progettista, avrebbe dovuto essere rasserenante, era illuminata dai primi raggi di sole che filtravano fra le foglie dei tigli del viale. Peccato che alle finestre ci fossero le sbarre...

Alla fine ero anche riuscita a dormire qualche ora, in attesa del mio salvatore: le poltroncine imbottite, per quanto spartane, erano perfino comode e, dopo essermene messa una di fronte per allungarci i piedi, ero sprofondata in un torpore animato da strani sogni, che mescolavano fantasia e realtà. Mi sembrava di essere su dai miei, al paese: ero chiusa nel bagno, rannicchiata dentro la vasca vuota, e non volevo uscire. Mi nascondevo da non si sa chi. Però quando mia madre, dall'altra stanza, era riuscita a convincermi che non c'era ragione di continuare a rimanere là dentro, la porta non si apriva: continuavo a far su e giù con la maniglia ma non c'era verso... E poi d'un tratto mi ero ritrovata in una stazione ferroviaria, ma non capivo cosa c'era scritto sul display delle partenze. Dopo essere andata per un pezzo avanti e indietro per sottopassaggi deserti, salita e scesa infinite volte per scale mobili vuote, avevo preso un treno, accorgendomi quasi subito che andava nella direzione sbagliata. In più ero senza biglietto, e il controllore aveva la faccia del tenente zurighese, o capitano che fosse.

Verso le sette avevo iniziato a dare segni di impazienza, rompendo le scatole a tutti quelli che mi capitavano sotto tiro. Primo: dovevo andare in bagno. Secondo: avevo bisogno di bere, era possibile avere dell'acqua minerale, meglio se frizzante? Terzo: c'era modo di prendere un caffé? Magari non quella sciacquatura di piatti che si beveva lì? Quarto: volevo assolutamente parlare col consolato, con l'ambasciata, con la Farnesina! In fin dei conti mi tenevano lì senza alcun motivo, visto che non avevo fatto nulla. A dire il vero il personale, dalla poliziotta fino al dirigente responsabile, erano stati molto gentili e comprensivi, credo considerandomi una mezza matta con evidenti disturbi della personalità. Dovevano solo fare degli accertamenti, mi rassicuravano: ed era necessario attendere l'apertura degli uffici oltre frontiera, dal momento che scomodare il Ministero degli Esteri – come avevo invano insistito di fare – per una simile sciocchezza era un'assurdità senza eguali.

In verità non ero preoccupata, anche se in fondo avrei avuto ragione di esserlo, essendo l'unica, sul luogo del delitto, che non c'entrava assolutamente niente col morto: anzi, non l'avevo neppure mai visto in faccia, almeno da vivo. Vero era che, visto come l'avevano trovato, solo un malato di mente poteva supporre che io avessi una seppur minima relazione con ciò che era successo.

Anche se, obiettivamente, mi ero un po' incasinata da sola: invece di dire subito la verità, magari ammantata di qualche reticenza, mi ero andata a ingarbugliare con quella balla della giornalista, che a smontarla ci avevano messo meno di un minuto. Bastava semplicemente che ammettessi di essere lì per conoscere l'amico d'un amico prematuramente scomparso, che gli aveva affidato una tela a cui ero molto affezionata: gli elementi verificabili c'erano tutti, benché fumosamente imprecisi. Poi potevo chiamare in causa la famigerata curiosità femminile, che mi aveva indotto a entrare. La loro scarsa attenzione, la mancanza di un picchetto alla porta, delle classiche bande di plastichina gialla con su scritto "crime scene", come si vede nei film, avevano fatto il resto... Il tutto, ovviamente, facendo ciglioni – *flap flap*... E invece eccomi lì, in attesa dell'unico che avrei preferito restasse all'oscuro di questa storia. Il fatto è che non avevo voluto tirare a mezzo il Depero. Non saprei dire per quale motivo: forse perché non volevo che altri, seppur crucchi e titolati a farlo, mettessero il becco nella MIA indagine. O forse perché era una cazzata tanto madornale che mi vergognavo perfino io a formularla ad alta voce.

– Non sapevo che parlassi tedesco... Vedo che non ti sei fatto la barba.

– Ma lo sai che a volte ti strozzerei?

– Devi ammettere che fra tutte le modalità di ammazzamento, sia pure metaforico, hai scelto proprio la meno appropriata... Che dici, mi fanno uscire?

Si era avvicinato, mi aveva accarezzato i capelli e dato un bacio a fil di labbra:

– Il collega, qui, il dottor Kauffman, è stato molto comprensivo: anche lui ha una fidanzata dal temperamento esuberante...

– Fidanzata? Come, fidanzata?

Mi aveva appioppato un pizzicotto sul braccio: sicuro come

l'oro che l'indomani avrei avuto un bel *borlo* viola ben in vista appena sotto l'orlo delle mezze maniche.

– Vieni, tesoro: devi solo mettere due firme e poi ce ne possiamo andare a riposare un po' in albergo, che ne abbiamo bisogno entrambi.

– Firmare cosa? Non mi pare…

– Firmare e basta, amore! Firmare e basta!

La poderosa stretta che mi aveva dato all'avambraccio suggeriva di non contraddirlo. Eravamo passati in un ufficio arioso e ordinato dove un signore anzianotto, in divisa e oltremodo scorbutico, dopo averci indicato due sedie su cui accomodarci, aveva stampato un paio di fogli e, dopo averli letti e riletti più volte, me li aveva consegnati da firmare.

– Ma sono in tedesco! Come faccio a firmare una roba che non so nemmeno cosa c'è scritto sopra…

– C'è scritto che ammetti di essere stata dove non dovevi essere, e di averlo fatto per ragioni che esulano dai presunti motivi dell'omicidio. Che poi tanto presunti non sono, vista la postura del cadavere. E che ti scusi di aver arrecato loro tanto disturbo.

– Come, mi scuso? Sono loro che dovrebbero scusarsi di aver sbattuto in cella una meschinetta che era lì per caso!

– Non eri in cella! Comunque firma quel maledetto foglio! Firmalo subito, prima che mi spazientisca più di quanto già non lo sono…

Salutato Kauffman, eravamo usciti nel chiarore abbagliante del mattino.

– Andiamo a fare colazione? Ho una fame! Mica mi hanno dato da mangiare, ieri sera, questi… Com'è la storia della fidanzata?

– L'unica che poteva spiegare, senza destare troppi sospetti, perché un cristo si faccia più di quattrocento chilometri nel cuore della notte per venirti a tirare fuori dai pasticci…

Mi aveva letteralmente trascinato in una *konditorei*, fin graziosa, proprio di fronte al commissariato. Ci eravamo seduti a un tavolino appartato e una cameriera ci aveva portato la lista.

– Veramente avrei preferito qualcosa di salato: sai che non sono tanto da dolci, io…

– Dai, prenditi un cazzo di croissant e andiamo, che non sto in piedi dal sonno!

– Ma ti sembrano termini da usare?

– Proprio tu parli? Che abitualmente snoccioli delle sequele di parolacce che nemmeno un *camallo* da porto?

– Io sì, ma invece tu no, abitualmente… Sei arrabbiato?

– Non sono arrabbiato, sono stanco! E preoccupato: possibile che tu non riesca a tenerti lontana dai guai?

– Tu che prendi?

– Non lo so, non ho voglia di niente…

– Ma c'è anche la *sacher*, che ti piace tanto…

Mi aspettavo una sonora lavata di capo da un momento all'altro. Poi la *sacher* l'aveva presa, e io avevo ordinato delle robine di sfoglia che sembravano le meno intrise di grasso. Percezione assolutamente erronea: grondavano burro da ogni parte. Ne avevo sbocconcellato qualche po', mentre Prini faceva fuori il suo fettone di torta a spron battuto. Per fortuna il tè era di ottima qualità, bollente e aromatico il giusto.

– Se vuoi ti spiego…

– Non stare a spiegare niente. Non ora. Andiamo a dormire… Spero che tu abbia prenotato una doppia…

– Una doppia, una doppia… Detesto dormire nei letti singoli, fanno tanto ospedale…

Avevamo percorso in silenzio la poca strada che ci separava dal piccolo albergo situato nel cuore del centro storico: la nostra laconica spiegazione in merito alla presenza di un secondo ospite nella camera prenotata per un solo occupante aveva accontentato il tizio alla reception, che semplicemente si era accontentato di farci notare che ci sarebbe stato un adeguamento nel prezzo. La carta di credito di Prini aveva definitivamente risolto la questione.

Si era buttato sul letto vestito, sprofondando immediatamente in un sonno profondo. Io mi ero seduta sul terrazzino, al sole, su una comoda chaise longue dove, cullata dal cheto russare che proveniva dalla stanza, avevo sonnecchiato per un paio d'ore. Al mio risveglio lui dormiva ancora della grossa, così gli avevo lasciato un biglietto sul cuscino ed ero uscita. Avevo gironzolato senza meta per gran parte del pomeriggio, pensando e ripensando agli eventi del giorno innanzi, senza trovare una quadra: era tutto così strano... Verso le sei avevo fatto ritorno in hotel, e lo avevo trovato sotto la doccia.

– Sei ancora arrabbiato?

Era uscito avviluppato in un grande asciugamano bianco, strofinandosi energicamente i capelli con un altro, più piccolo.

– Bisogna farsi dare un altro set di asciugamani... Certo che in un cinque stelle c'è pure l'accappatoio, in dotazione...

– Certo che se avessi anch'io una Bancamericard oro, invece che la classica Visa, avrei prenotato di sicuro all'Ambassador...

– Devo andare a comperare una camicia: questa è tutta stazzonata...

Fuori i raggi dorati del sole riflettevano la loro luce aranciata sui vetri chiusi delle finestre, proiettando motili barbagli sull'asfalto. Così, a passeggio per le viuzze lastricate, sembravamo perfino una coppia normale, solo un po' taciturna. La scelta della camicia era stata in definitiva spiccia, a parte qualche recriminazione sulla qualità del cotone, e sulla ruvidità della commessa, poco incline a tirare giù dallo scaffale l'intera collezione primavera-estate, come invece Franco avrebbe auspicato.

– Adesso possiamo pure andare a cena!

– L'altro ieri sono stata in un sushi proprio niente male...

– Scusa, sei a Zurigo e vai a mangiare giapponese?

– La cucina svizzera è notoriamente orrida...

– Lo dici tu! Potremmo andare da Zeughauskeller.

– Da Zeugcosa?

– Zeughauskeller. Un locale storico zurighese famoso, fra l'altro, per essere stato il luogo dove si radunavano i Lanzichenecchi prima di partire per le loro missioni mercenarie...

– Non mi pare che i Lanzichenecchi avessero fama di essere dei noti buongustai...

– Ma che discorsi! Mica c'era il ristorante, allora! Però l'edificio sì.

Nell'immenso stanzone, scandito da poderose colonne in pietra grigia, regnava una confusione pazzesca: le voci, amplificate all'inverosimile dalla vertiginosa altezza del soffitto a cassettoni, sembravano rimbalzare sui grandi tavoli rotondi, sulle spesse tende che schermavano le finestre, sui muri, perfino sugli avventori, rifrangendosi in un fragore increspato di toni ora sordi ora acuti. Un cameriere, con un grembiulone bordeaux indossato sull'impeccabile completo nero, ci era passato davanti impugnando una lunga spada su cui erano infilzati dei pezzi di carne arrostita: non potevo credere ai miei occhi...

– È la "spada del sindaco", la più nota specialità di questo ristorante... – si era premurato di informarmi Prini, in risposta alla mia espressione basita – Devi ammettere che è piuttosto "coreografica", ti pare?

– Più che coreografica la definirei buzzurra...

Per fortuna ci avevano trovato un posto sufficientemente in disparte per essere al riparo dalle sonorità cacofoniche che pervadevano la sala. Essendomi energicamente opposta al bellicoso spiedino, avevamo entrambi ordinato lo stinco, un'altra delle pietanze per cui il locale era famoso: una mole di carne che avrebbe tranquillamente sfamato mezza tribù centroafricana troneggiante in un piatto stracolmo di patate, rape rosse e degli immancabili crauti. I camerieri andavano avanti e indietro reggendo con disinvoltura grossi boccali di birra pieni fino all'orlo.

– Hai intenzione di prendere la birra?

– Ma figurati! Vedo che hanno dei rossi alsaziani: pinot nero?

– Vada per il pinot nero!

– Ora che sono quasi di buonumore, puoi pure raccontarmi come è andata...

– Prima però toglimi una curiosità: che gli hai detto a Kauffman? Oltre alla balla che siamo fidanzati, intendo...

– Che cosa vuoi che gli abbia detto? Una mezza verità: che sei un'appassionata d'arte, che eri venuta apposta per vedere la galleria e, spinta dalla curiosità, sei entrata anche se non avresti dovuto farlo.

– Avrà pensato che sono una perfetta cretina...

– Mica sarebbe andato tanto distante dal vero: per fare quel che hai fatto, un po' cretini bisogna esserlo, ti pare? Ora però dimmi...

– Se lo venisse a sapere mia madre mi uccide di sicuro!

– Non preoccuparti: farò in modo di concederle tutte le attenuanti del caso.

– Allora: sono venuta a sapere che, con tutta probabilità, il Depero mancante dello scatolone in cantina era in vendita da Boross.

– Non ti sto nemmeno a chiedere come tu abbia avuto questa informazione, perché se no rischio di rovinarmi la cena...

– Diciamo che anch'io ho i miei informatori.

– Vorrei tanto che tu mi spiegassi il motivo per cui non riesci a toglierti Merello dalla testa!

– Perché la sua è una morte sospetta.

– Sospetta? Ma se è morto per un banale avvelenamento da funghi!

– Funghi che gli ha portato qualcuno ma non sappiamo chi...

– Cosa c'entra? Quel qualcuno non sarà stato un esperto, avrà creduto che fossero buoni...

– Intanto li ha fatti mangiare a un altro... Comunque, l'assenza di un dipinto di valore dovrebbe far pensare, ti sembra? Già ci sarebbe un movente.

– Ma che movente e movente! Se lo avessero ammazzato per questo se li sarebbero presi tutti, i quadri, no? Mica ce ne avrebbero lasciati due...

– In effetti... Però ammetti che la coincidenza dà da pensare. Tanto più che il Depero salta fuori in Svizzera. A dire il vero prima della dipartita di Merello: è per questo che ho deciso di venire, per chiedere informazioni al gallerista e mettermi l'animo in pace.

A volte, condire la verità con qualche innocua bugiuzza, va detto che aiuta: infatti mi aveva fatto un bel sorriso al di sopra del garretto già mezzo spolpato.

– Comunque là era tutto un casino: un armamentario sadomaso che non ti dico...

– Secondo il collega, Boross frequentava ambienti a dir poco equivoci: aveva un giro di escort da capogiro, e soldi in abbondanza per pagarle.

– Quindi com'è che sarebbe andata?

– Un gioco erotico finito male. Resasi conto che era morto, la tizia ovviamente se la sarà svignata.

– Io non riesco a capire come ci si possa divertire a fare simili cose...

– Su questo, per una volta, siamo perfettamente d'accordo...

– A me non mi ci sta più niente: vuoi finirlo tu, lo stinco?

– Ma certo! Sarebbe un peccato sprecare questa delizia.

Avevamo fatto un rapido scambio di piatti, a dispetto delle regole del bon ton.

– A ogni modo, a prescindere dalle circostanze in cui è stato trovato, non ti sembra singolare che sia stato ammazzato proprio mentre stava trattando il quadro di Merello?

– Ma sei proprio sicura che si tratti del quadro di Merello? Depero, in tutta la sua vita, mica ne ha fatti solo quattro, di quadri…

– Sicura sicura non lo sono, però il padre di Boross era in affari con la sua galleria, la Specola, quindi…

– Il padre di Boross… che a quanto mi ha detto il collega è sottoterra da mo'… Io l'unico legame che vedo fra i due fatti sei tu, e la tua testolina balzana. Se non avessi avuto un'educazione solidamente razionalista potrei pensare che porti jella… *Ahhrr ahrr*

– Devi ammettere, però, che non è tanto normale organizzarsi giochini erotici "estremi" in un posto che di lì a poco sarebbe stato aperto al pubblico, con la segretaria in arrivo…

– Potrebbe aver fatto parte della sua perversione… il rischio di essere sorpresi, intendo.

– Se ciò non comporta violare il "segreto istruttorio", che ti ha detto d'altro il buon Kauffman?

– Niente di che… Passava per un professionista serio, a parte quel "vizietto": niente droga, poco alcool, anche le "signorine" le sceglieva da agenzie "specializzate", maggiorenni e in buona salute. Tra l'altro non risulta che avesse nessun parente, almeno qui in Svizzera: si dovrà aspettare l'apertura del testamento, ammesso che ce ne sia uno, per sapere a chi andrà l'immenso patrimonio accumulato dai suoi genitori, e doviziosamente incrementato dalla sua attività recente. Sembra che avesse una propensione innata per gli affari, e una commisurata capacità di individuare gli artisti che sarebbero stati particolarmente graditi dal "mercato"… Ora sarà meglio che andiamo a dormire: domani ci tocca una bella levataccia…

Avevamo percorso la strada desolatamente deserta che ci separava dall'hotel, illuminata solo da fiochi lampioni. A un tratto mi aveva cinto la vita col braccio:

– Non è che la stai prendendo un po' troppo sul serio, quella storia della fidanzata?

– Figurati! È solo per avvalorare il nostro alibi, nel caso incrociassimo Kauffman.

Dieci

La settimana era già cominciata in salita: intanto Gian Paolo, il mio capo, si era imbufalito non poco ad apprendere, alle otto del mattino, che non sarei arrivata in ufficio prima della mezza. Poi ero strafatta dal sonno accumulato in quei giorni, per cui pencolavo dalla scrivania al bagno, e ritorno, senza riuscire a combinare niente. Infine si era messo nella testa che c'era una impellenza urgente di terminare il volume a cui avevo appena iniziato a mettere mano: il solito manuale universitario, di letteratura bizantina questa volta, che oltre a essere di una noia mortale conteneva un tasso di corbellerie, miste a banalità atroci, ben al di sopra del mio spirito di sopportazione in condizioni "normali", figurarsi in quello stato di rincitrullimento cosmico in cui versavo. Ma l'esimia prof autrice di quella sequela di baggianate era un personaggio accademicamente in vista, per cui andava ossequiata e accondiscesa in tutto e per tutto, fesserie comprese.

Il mercoledì avevo visto Carla, che ancora si ostinava con l'università, nonostante la scuola le lasciasse ben poco tempo libero, e la preside poco apprezzasse questo suo sforzo di aggiornamento. L'appuntamento era alla solita ora, quella di pranzo, e al solito posto: il baretto in via Cairoli che accontentava le esigenze della nuova, ferrea dieta a cui la mia amica si stava sottoponendo, per l'ennesima volta. Ovvero aveva un vasto assortimento di insalate, poco importava se incellophanate e di dubbia freschezza. Era andata dalla parrucchiera il giorno prima, e mi si era parata dinanzi con un caschetto con zazzera alta e scalato in avanti di un rosso-arancio veramente inguardabile. Per cui avevo evitato di far commenti che, se positivi, non sarebbero stati sinceri, se negativi avrebbero dato l'avvio a rimbrotti sicuramente incentrati sulla mia scarsa arrendevolezza al vorticoso mutare della moda.

– Sei poi stata a Zurigo?

Domanda retorica, quelle del secondo tipo, che sottintendono, anzi suggeriscono una risposta positiva. Era solo per sottolineare una volta ancora la sua disapprovazione riguardo quelle che lei definiva sicumere da detective in gonnella. Pure troppo corta, spesso.

– Sissi...

Naturalmente non avevo nessuna voglia di raccontarle, perlomeno al momento, le mie vicissitudini in terra elvetica. E tanto meno di dirle che mi era toccato chiamare Prini nel cuore della notte per tirarmi fuori dai guai: mi avrebbe di sicuro pugnalata alla giugulare con la forchettina striminza in dotazione con l'insalata.

– Ti sei divertita?

– Un sacco, davvero. Sono perfino andata a cenare nel posto dove si radunavano i Lanzichenecchi prima di venire a romperci le scatole in Italia...

– Ma va'? A me cenare fuori da sola non mi piace. Mi intristisce...

– A me non dispiace.

– Hai risolto qualcosa? In merito al Depero, voglio dire...

– Niente. *Nada. Rien de rien*... Il gallerista è morto.

– Ma non era già morto prima? Lui e la moglie? Comodamente nel loro letto?

– Be', ora è morto pure il figlio. Non tanto comodamente. Sicuramente non nel proprio letto.

– Nadia, sarà mica che porti nero? Peraltro da quando bazzichi dalle mie parti non batto chiodo… Potremmo provare con un qualche santone. Potresti bere l'acqua di Lourdes, che ce n'ha giusto una bottiglietta la zia di mia madre sul comò. Magari chiediamo al mago Otelma, che lo incontro sempre davanti al tabacchino della Nunziata quando vado a prendere le sigarette… Quand'è che è morto?

– Sabato. Praticamente in diretta. Quando sono arrivata c'era già là la polizia. Anzi, la *polizei*. Dunque: ciccia! Me ne sono tornata a casa con le pive nel sacco…

– Dai, su, non stare a *sacrinarci* sopra! Intanto non credo che avresti cavato un ragno dal buco: è gente tosta, quella! Figurati se avrebbe dato informazioni simili a una sconosciuta. Ma come è morto, che c'era la polizia?

– Strangolato. Sembrerebbe l'esito imprevisto di un gioco erotico estremo…

– Tipo bondage?

– Più o meno…

– Adesso pare vada molto di moda… Io non so che gusti…

– Comunque pensavo di tornare su il prossimo fine settimana. Avresti mica voglia di accompagnarmi?

– Lo sai che al sabato vado a scuola…

– Ma fai solo due ore! Chiedi un permesso…

– Figurati se me lo danno! Al sabato poi… Più facile che mi chiedano di sostituire qualche collega ammalata, e che mi ci tocchi restare fino all'una. Ma, scusa, che ci torni a fare, a Zurigo, se il gallerista è morto?

– Pensavo di chiedere al critico della galleria: magari lui ne sa qualcosa. Tra l'altro parla perfettamente italiano.

– L'hai conosciuto quando sei andata su?

– Non lo conosco mica…

Mi aveva guardato esattamente come si guarderebbe un alienato mentale nel "reparto tranquilli" di un vecchio ospedale psichiatrico.

– Ma se hai detto che è il critico della galleria, che parla italiano...

– Che sia il critico della galleria lo immagino, sulle basi di quanto ho capito origliando una sua telefonata. In italiano, che ti giuro parla benissimo.

– Come si chiama?

– Manzini, Fantini... Qualcosa del genere.

– Scusa, ma se non sai manco il nome come fai a trovarlo?

– Nella telefonata si è accordato con qualcuno per vedersi, come al solito, e sottolineo come al solito, al Tannhauser, che evidentemente sarà un locale, ti pare? Quindi basta cercare il locale, che in rete è facile, e il gioco è fatto!

Aveva lasciato cadere la forchetta nel ciotolone in cui le avevano servito un'insalata moscia e palliduccia, ravvivata appena dall'arancio delle carote julienne.

– Hai mai pensato di farti vedere da qualcuno? Uno psicologo, uno psicoterapeuta, uno psicanalista... Perché tu sei di gran lunga più matta del tuo Merello! Dammi retta, lascia perdere, che va a finire che prima o poi in un guaio ti ci cacci davvero, a furia di *ravanare* negli affaracci degli altri!

– Era così, per fare qualcosa... – avevo finto di battere in ritirata – Ma forse hai ragione tu, meglio lasciar perdere... Vorrà dire che farò un salto da Antonella, visto che a mia madre ho già annunciato la mia assenza nel weekend. E lei mi ha già propinato la solita paternale: dunque, tanto vale approfittarne. Così, per non averla fatta inviperire a vuoto.

Terminato di pranzare, in fretta perché aveva il treno, ci eravamo salutate, e io ero ritornata al lavoro. Appena avevo visto Marcello che, chino, sbuffava stizzito su uno scatolone impolverato, rispedito al mittente da non so quale libreria universitaria per quelli che si è soliti chiamare futili motivi, mi era venuto in mente che avrei potuto chiedere a lui: Sara era da una settimana al capezzale della nonna, giù in Calabria, e magari mi avrebbe accompagnato volentieri.

– Di che umore è il capo, oggi?

– Pessimo, come al solito. Anzi, più del solito. Per via di 'sti libri che hanno rimandato indietro.

– Come mai li hanno restituiti?

– Pare che la copertina si stacchi a guardarla…

– Non mi stupisce: lui si fida del suo amico, là, Ferrando, ma lavorano proprio da cani. Senti, ti andrebbe un fine settimana a Zurigo? Con la sottoscritta?

– Non dirmi che è ancora per quella storia del pazzoide schiattato dai *buei* taroccati…

– E invece te lo dico.

– Mah, e perché no? Tra l'altro a Zurigo non ci sono mai stato. Da non spendere molto, però…

– Dai, diamo un'occhiata su *Booking*…

Alla fine, smanettando non poco alla ricerca di qualche offerta, e smadonnando almeno altrettanto, ci eravamo risolti per lo stesso hotel dov'ero stata la settimana prima, che era poi quello che più soddisfaceva la nostra esigenza di conciliare prezzo e collocazione non troppo sfigata. Era invece andata meglio col treno, che eravamo riusciti a prendere a prezzo veramente stracciato.

Quello scampolo che rimaneva della settimana era passato in un lampo, senza che succedesse nulla di particolare, eccezion fatta per le *tammurriate* a raffica di Gianpaolo per via dei resi. Nemmeno fosse colpa nostra, ma quando ha il *belino* girato non guarda in faccia nessuno.

Il venerdì aveva chiamato Prini, che con una scusa si voleva informare su cosa facessi sabato o domenica. Com'è ovvio avevo mentito spudoratamente, sostenendo di dovere andare a ogni costo dai miei per gestire un affare con l'elettricista che si stava dannando a fare l'impianto nella mia parte di casa, in corso di ristrutturazione. Da almeno due anni. Di Merello non aveva fatto parola, e nemmeno di quel disgraziato di Boross. E io mi ero guardata bene dal tirare fuori l'argomento. Però per me se ne era accorto che ero reticente, per cui mi aveva tenuto quasi un'ora al telefono menando il can per l'aia. Con mio gran disappunto, visto che a raccontare balle non sono mai stata a mio agio. E nemmeno tanto brava. Né convincente. Comunque, a ogni modo ero riuscita a liberarmene, non senza un certo imbarazzo, alle nove passate, quando la mia oratina eviscerata solo per metà era lì lì per guizzare fuori dal lavello e venire a supplicarmi che mi dessi una smossa. Alla fine, fra trito di aglio e prezzemolo da fare, scorze di limone da grattare, forno da scaldare, alle dieci avevo ancora da iniziare a mangiare. Come sempre, avevo cacciato alla rinfusa nel trolley quattro *belinate*, e a mezzanotte ero andata a dormire stremata, con la speranza di non sognare Prini che, smascherate le mie maldestre bugie, si materializzava al Tannhauser in tuta attillata di pelle nera, sventolandomi sotto il naso un paio di manette in peluchino rosa.

Undici

Strano a dirsi, il sabato mattina era filato tutto liscio. Quasi che il signor Trenitalia, in genere occhiutissimo, non si fosse accorto che quel giorno sarei stata in sua balìa per otto ore buone, e pertanto avrebbe avuto millanta opportunità di intralciarmi, come gli era consueto, con ritardi, toilette fuori uso, vagoni strapieni, errori multipli nelle prenotazioni e quant'altro di catastrofico si possa immaginare. Invece il treno era in orario, l'aria condizionata funzionava senza infliggerci temperature artiche, lo scompartimento era tutto per noi.

Perfettamente sintonizzati sulla stessa lunghezza d'onda, avevamo iniziato a ronfare all'unisono appena fuori dalla stazione di Principe, per risvegliarci poco prima della frontiera, allo scampanellio del carrello bar. Con gli occhi ancora impastati di sonno, avevamo preso una broda al gusto di caffé sperando che, a prescindere dal sapore, ci svegliasse. Marcello aveva estratto dallo zaino una mini-confezione di Baiocchi. Soltanto allora, sotto il volto ancora assonnato, avevo notato la scritta che campeggiava sulla sua t-shirt rossa: *sciusciâ e sciurbî nu se pö*. Corredata da una fantasiosa traduzione inglese: *to sush and to sorb is not possible.*

Mentre era alle prese con la difficile arte dell'inzuppo, resa più macchinosa dalle esigue dimensioni del bicchierino di plastica, a complicare le cose era passato prima il controllore, poi, alla frontiera, i finanzieri a cui avevamo dovuto esibire i rispettivi documenti di identità.

– Evidentemente prendere il caffé in pace non è contemplato nel nostro quadro astrale: o ci si mette il capo, o il controllore. Perfino la finanza si è mobilitata! Allora, una volta in quel di Zürich, qual è il nostro piano?

– A: passare in albergo. B: andare a zonzo fino all'ora di cena, l'aperitivo è contemplato. C: cercare un posticino per mangiare che non ci spelli vivi, e magari non comporti l'ingestione di sostanze grasse superiori a quelle necessarie a un minatore polacco.

– Potremmo cercare un cinese...

– Ottima idea! D: andiamo in quel locale che ti dicevo, il Tannhauser, a vedere se riusciamo a trovare qualcuno che conosca il critico del defunto Boross.

– Quest'ultimo step mi sa che sia il più problematico... Ma d'altra parte siamo venuti apposta...

Dal finestrino sfrecciavano paesini da cartolina illustrata anni Sessanta, con i loro campanili-missile puntati verso il cielo, forse ancora in attesa di una temuta invasione sovietica, i pascoli percorsi pigramente da grosse vacche rosse, il fiumicello-tipo sbrilluccicante al sole.

– Hemmm... Ci sarebbe un piccolo particolare che ho trascurato di dirti...

– Cioè?

– Il Tannhauser è un locale gay...

– Non vorrai mica dire che devo mettermi parrucca bionda, calze a rete e tacchi a spillo, vero?

Aveva sogghignato.

– Non essere scemo!

– E allora? Non penso si rifiuteranno di servirci due *gin tonic*...

– Penso proprio di no. Però, da quanto ho visto in rete, è frequentato esclusivamente da *leather*: sai quei tipi in giubbotti e pantaloni in pelle, super borchiati e poli tatuati, spesso rapati a zero... Insomma, è possibile che non passeremo inosservati.

– Sai che detesto passare inosservato, no?

Poche ore dopo eravamo a Zurigo. Il tipo alla reception dell'hotel mi aveva subito riconosciuto, e mi aveva gettato uno sguardo fra il complice e l'ammiccante: senza dubbio una che ti arriva la settimana prima da sola, passa una notte fuori per far rientro in tarda mattinata con un uomo non previsto, e poi ritorna il sabato dopo con uno diverso, e decisamente più giovane di lei, doveva aver titillato una *pruderie* probabilmente alimentata, in egual misura, dal mito dell'italiano godereccio e da un inveterato spirito calvinista. In più, come mio solito, avevo prenotato una doppia, il che certo non giovava ad alleggerire la mia posizione. Infatti mi aveva sussurrato, con un mezzo sorriso, e calcando sull'accento interrogativo:

– Avete prenotato una doppia e una singola, o sbaglio?

– Non sbaglia. Le lasciamo i passaporti così può registrarli con tutta calma. Intanto saliamo in camera a darci una rinfrescata.

Di lì a mezz'ora eravamo già bellamente a spasso per la città vecchia.

– Se ti va potremmo andare a farci un'idea di dove sia il Tannhauser, così stasera andiamo a colpo sicuro.

– Potevamo chiedere in albergo...

– Bravo! Così gli mandavamo in vacca la sua bella idea preconcetta della zitella attempata con giovane amante al seguito, ma in camere separate in ossequio alla morale cattolica... Il tutto difficilmente conciliabile con il cocktail bar più trasgressivo di 'sta città del *menga*.

– Per me a volte ti fai dei trip che non stanno né in cielo né in terra. Ma trasgressivo quanto?

– Penso parecchio…

– Mai una volta che le cose me le dici tutte assieme…

Alla fine era stato fin facile trovarlo: trasgressivo quanto si vuole ma centralissimo, collocato proprio in una delle vie principali del centro storico. Così c'eravamo beatamente lasciati inghiottire dalle strade animate del sabato pomeriggio, seguendo senza meta il fluire placido dei ragazzi sfaccendati, delle famigliole a caccia di vetrine, dei rari turisti alle prese con mappe dai caratteri minuscoli. L'aperitivo l'avevamo preso in un locale in faccia al lago, poi eravamo andati da un cinese incredibilmente sobrio, privo di tutto quell'apparato di draghi orientali e scenari d'acque dai colori tenui che di solito fanno da sfondo al classico riso alla cantonese. Il fatto che fosse semivuoto poneva seri dubbi sulla qualità del cibo, sospetto subito smentito da una trionfale portata di ravioli misti al vapore, seguiti da dei gamberetti al curry davvero notevoli, specie se abbinati a quegli ottimi spaghetti di soia che Marcello mi aveva convinto a prendere.

– Ma, precisamente, quali notizie speri di carpire al critico?

– Non lo so manco io… Penso che gli chiederò del Depero, se per caso sappia la sua provenienza: un quadro così lo si nota per forza, ti pare?

– E se anche ti dice che gliel'ha venduto Merello, che ne ricavi?

– Boh? Magari invece l'ha avuto da Malinverni, l'ex-socio…

– E cambierebbe qualcosa?

– Be', sì… Almeno credo… Penso… Vorrebbe dire che l'ha rubato…

– E se anche fosse? Tra l'altro il legittimo proprietario è morto per un banale avvelenamento da funghi. Che pare essere cosa abbastanza frequente, almeno a quanto dicono i tiggì…

– Mah! Forse hai ragione. È solo che mi ci sono incaponita. Non riesco a pensare ad altro.

– E se ti iscrivessi in piscina? Ti fai un bel cinquanta vasche di fila col cervello in folle, e quando arrivi a casa sei tanto stanca che ti fiondi a letto e dormi come un angioletto.

– Mi sa che tutti i torti non ce li hai…

Dopo aver sbacchettato per benino e con gusto per un'ora buona ci eravamo diretti al Tannhauser. Era un posto pazzesco: le pareti, di un blu intenso, erano costellate da grandi schegge di specchio tagliate asimmetriche, aggettanti su divanetti in pelle grigio-scura. Al centro, rinchiusi in un bancone circolare rivestito in mosaico di vetro che rifletteva e moltiplicava i fasci di luce colorata che "sparavano" dei globi roteanti appesi al soffitto, tre ragazzi in total black agitavano frenetici shaker da cui versavano liquidi coloratissimi in bicchieri dalle fogge più strane. Gli avventori, come recitava il sito web, erano tutti rigorosamente leather, taluni giovanissimi, talaltri coi capelli già brizzolati. Ovviamente quelli che ce li avevano, i capelli, essendo i più rapati a zero. Ci eravamo seduti a un tavolino un po' defilato: contrariamente a quanto avevamo supposto, la nostra difforme presenza era passata del tutto inosservata, come se fossimo stati trasparenti!

Dopo un dieci minuti si era manifestato un cameriere con una bella zazzera bionda a cui avevamo ordinato due gin tonic, visto che la mia idea di chiedere un porto bianco era stata miseramente cassata da una sonora sghignazzata di Marcello. Quando era tornato con i due bicchieri, e una cospicua dose di noccioline salate, l'avevo abbordato:

– Parla italiano?

– Un po'…

– Speravo di trovare il critico della galleria Boross; – avevo accuratamente evitato di azzardare un nome di cui non ero certa – conoscevo il proprietario… e ho saputo che è morto di recente…

Da sotto il tavolo Marcello mi aveva dato un discreto calcetto nello stinco sinistro.

– Stasera non si è visto ma, se crede, può chiedere a Rudolf, il suo compagno. Guardi, è seduto in quella poltroncina là in angolo. È il padrone del locale...

– Pensa che io lo possa disturbare? In fondo è una sciocchezza...

– Non si preoccupi, se preferisce glielo vado a chiamare io...

E si era allontanato in tutta fretta.

– Ma tu non conoscevi Boross!

– Penso che se vedi uno nudo come un verme, peraltro con le gambe spalancate, tu possa dire di conoscerlo, ti pare?

Lo avevo visto confabulare con un tizio sulla cinquantina, bell'uomo, in calzoni di lino e maglietta nera, i folti capelli scuri, appena screziati d'argento, raccolti in una piccola coda dietro la nuca. Nella semioscurità pervasa di buona musica metal, neppure a volume troppo alto, indovinavo la sua espressione stupita: si era alzato, dirigendosi con calma verso di noi.

– Ci siamo! Prepariamoci a fare una bella figura di cacca! – mi aveva sussurrato Marcello, ormai prossimo a finire il beverone alcolico fornitoci in una porzione più che abbondante.

Si era seduto su una poltroncina proprio di fronte a me, rivolgendoci un bel sorriso:

– Mi ha detto Hans che cerca Thomas... Che era un'amica di Boross...

A quel punto, davanti a quegli splendidi occhi di ghiaccio, e a un'affabilità che traspirava dallo sguardo, dalle rughette attorno alle labbra, dai pacati gesti delle mani, mi si poneva uno dei grandi interrogativi che, di soqquatto, percorrono le nostre vite di tutti i giorni, e che il più delle volte tendiamo a ignorare, o a tacitare: che fare? Tenere ancora in piedi per un poco quel castello di *musse*, nella speranza di riuscire a combinare un appuntamento con quello che evidentemente si chiamava Thomas, Thomas Nonso-cosa-ma-che-finisce-in-ini, oppure vuotare il sacco e, in tutta sincerità ammettere di essere una maniaca con la fissa del giallo a tutti i costi?

Avevo scambiato un'occhiata con Marcello, di sicuro più propenso a questa seconda soluzione.

– Non precisamente... Non proprio un'amica... Non ci sarebbe modo di fare due parole da qualche parte con la musica più bassa?

In quel mentre la cantante degli *Epica* aveva tirato un acuto da sfondamento-cristalli.

– Andiamo nel mio ufficio. Anzi, no: Hans! Ci porti un altro giro su da me?

Io, il mio gin tonic, non l'avevo quasi iniziato...

– Non per me: non amo molto gli alcolici...

– Vorrà dire che ci apriremo una bottiglia di vino...

Eravamo saliti per una rampa ariosa di scale dopo essere passati attraverso un ufficetto sul retro. Dietro la severa porta in noce si apriva un open space arredato con gusto raffinato: divani in pelle blu notte su un parquet chiarissimo, come chiare erano le pareti su cui facevano bella mostra di sé tele di grande formato, tutti monocromi o astratti. Si era diretto dietro al bancone di marmo grigio che separava l'angolo cottura dal resto della stanza e aveva scelto con cura fra le bottiglie inserite in una griglia verticale vicino al frigorifero:

– Può andare un Gewurztraminer?

– Ottimamente – mi aveva preceduto Marcello.

L'aveva versato in calici panciuti, subito posati dinanzi a noi, su un tavolino basso. Poi si era seduto, assumendo un'aria fra il curioso e il divertito:

– Allora, conosceva Boross? Conosce Thomas? Cosa posso fare per lei?

– L'italiano lo parla proprio bene...

Aveva sorriso:

– Sa, Thomas è ticinese: stiamo insieme da diciotto anni, mi sono dovuto adattare…

– In realtà non conoscevo Boross, se non di fama… L'ho visto una sola volta, sabato scorso, già morto, nella sua galleria. E in quella circostanza non propriamente piacevole ho intravisto Thomas, che sapevo essere il critico a cui era abitualmente affidata l'organizzazione delle mostre – in tutto quel bagno di sincerità una piccola balla ci poteva anche stare…

– Che brutta fine, eh? D'altra parte, con una vita come quella che faceva, non è del tutto fuori luogo, non crede?

– In effetti mi han riferito che aveva una predilezione per il sesso estremo…

– Però va detto che era uno che non correva rischi: si rivolgeva solo ad agenzie serie, insomma, non "rimorchiava" mai, almeno non per certe cose…

– Quanto al "serio", per "agenzie" del genere, avrei da eccepire…

– Al mondo c'è posto per tutti, non pensa? E in questo caso trattasi prevalentemente di un equilibrio fra domanda e offerta.

– Comunque, la settimana scorsa ero salita per avere da Boross qualche informazione su un quadro che gli aveva affidato, o venduto, un amico di famiglia che è morto da poco… – e due, di balle, anche se ormai Merello lo sentivo veramente come un "amico di famiglia". Anzi, tre, visto che mica ero sicura che il Depero glielo avesse dato lui.

– Ora Thomas è a Basilea, per un vernissage. Tornerà in nottata. Saranno sicuramente ancora a cena, lo chiamo e vedo se domani avesse tempo di incontrarla.

La conversazione telefonica era stata rapida: Thomas aveva proposto di vederci per l'ora di pranzo, in una caffetteria poco distante dal Tannhauser. A me andava benone, considerato che il treno l'avevamo alle quattro del pomeriggio. Avevamo ancora fatto due parole, tanto per finire il vino, poi ci eravamo congedati. Fuori, le strade erano ormai deserte.

– Che ne dici?

– Simpatico, il tipo. E, quanto a vini, senz'altro un intenditore. Ora, però, andiamo a nanna, che sono bello frullato.

Dodici

Quando ero scesa, l'indomani, Marcello era alle prese con quella che si suole definire "colazione continentale": davanti aveva un piatto stracolmo di prosciutto, formaggi vari, fra cui, com'è ovvio, una fetta di emmenthal, salami di diversa grana, colore e dimensione. Poco discosto, un altro piatto lasciava indovinare che in precedenza si era fagocitato uova strapazzate e pancetta. Io avevo preso solo un caffé, che avevo subito replicato.

– Che mi dici?

– La pancetta era spaziale!

– Di oggi, intendo... Vieni con me da Thomas o ti prendi mezza giornata di libera uscita?

– La seconda che hai detto: con tutto quello di cui mi sono strafogato, e quello che intendo ancora sbafarmi, mi sa che prima di domani non riuscirò a ingollare niente. Ci sono delle torte fenomenali. E uno strudel che dice: mangiami! Tu non assaggi niente?

– Ho lo stomaco chiuso. Come nemmeno per l'esame di maturità...

– Non sei contenta che vedi il tipo? Calcola che avremmo potuto fare il viaggio a vuoto: definiscesi puro culo, nei testi di marketing...

– In effetti... Solo che ho paura di non risolvere nulla...

– Insomma, che il giochino ti si rompa in mano...

– Devo dire che quel pazzoide di Merello mi mancherebbe parecchio...

Avevamo rapidamente chiuso i bagagli, lasciandoli alla reception in attesa di venirli a recuperare prima della partenza. Per essere sicuri di non perdere il treno, e soprattutto di non fare la strada di corsa, sarebbe stato bene vederci lì per le tre e un quarto. Così Marcello si era diretto in un centro commerciale che avrebbe dovuto avere al suo interno un negozio di dischi molto ben fornito, e io all'appuntamento con Thomas, con una bella mezz'ora d'anticipo. Lui era già là, seduto a uno dei tavolini sistemati fuori del locale, tra fioriere ricolme di esuberanti petunie viola e lilla: in jeans e maglietta nera, stava parlando concitatamente al telefono, gesticolando esattamente come un italiano. Aveva alzato per un attimo gli occhi dal taccuino che stava freneticamente sfogliando e, incredibile!, mi aveva riconosciuta. Aveva fatto cenno di avvicinarmi, alzandosi per recuperare un'altra sedia dal tavolo vicino: la seconda in dotazione era infatti oberata da una quantità di fogli ammonticchiati in disordine sopra la sua cartella becco d'oca. Impeccabilmente Piquadro.

Aveva salutato il suo interlocutore in fretta, adducendo un importante incontro d'affari.

– Immagino che lei sia l'amica di Boross – mi aveva allungato la mano sottile e ben curata. – Thomas, Thomas Vanzini...

"Ah, Vanzini... Be', in effetti, almeno sull'-ini ci avevo azzeccato..."

– Nadia Morbelli... Vedo che si ricorda di me...

– E come fare a dimenticare una trascinata via dalla polizia con un morto ammazzato a pochi metri?

– Non avrà mica pensato...

Si era messo a ridere.

– No, no, non si preoccupi... Solo che è stato un giorno a dir poco particolare, quello. Ce l'ho ancora stampato in mente momento dopo momento.

– In verità non ero amica di Boross. Non lo conoscevo neppure. Ma volevo incontrarla sperando che mi desse qualche informazione su un quadro... È una questione un po' complicata... Non so se...

– Intanto ordiniamo qualcosa da bere. Le va un aperitivo?

– Non troppo alcolico, però.

– Ci facciamo portare una bottiglia di vino. Suggerirei un Rioja: questo posto è gestito da una coppia di spagnoli, e hanno mantenuto buoni contatti con i produttori della madrepatria.

– Vada per il Rioja...

Una ragazza prosperosa con una matassa di riccioli neri si era fatta sulla porta, precipitandosi a baciare e ribaciare il critico con un trasporto che denotava una sincera amicizia. Poi si era presentata – Carmen, come da manuale – e aveva baciato anche me. Poco dopo era tornata con la bottiglia, due bicchieri e un piatto di tartine. Aveva stappato il vino, si era passata il tappo sotto il naso per accertarsi della qualità, e ce ne aveva versato due abbondanti porzioni.

– Mi dica, su, cos'è che l'ha spinta due volte a Zurigo? Di seguito, per giunta!

– Veramente buono, complimenti! Profumato e corposo!

Il bel sorriso di Carmen aveva avuto il potere di infondermi il coraggio necessario per cercare di sviscerare un minimo, ma non troppo, il problema.

– Come le dicevo un quadro. Per la precisione un Depero... Era, forse è ancora, di un amico di famiglia... O giù di lì...

– Buon Dio! No! Ancora il Depero! Quella patacca! Ma non c'è proprio verso che io me ne liberi!

– Come patacca? In che senso? Mi spieghi...

Aveva posato la tartina sormontata di gamberetti sul tovagliolo, con l'espressione pensierosa. Aveva tirato un lungo sospiro.

– A questo punto è meglio che mi spieghi lei. Sa, è una faccenda delicata...

Visto che, a suo dire, era una faccenda delicata, era meglio "filtrare" un po' le notizie: niente balle, per carità, ma una certa vaghezza, a quel punto, pensavo fosse opportuna.

– Non c'è granché da spiegare: recentemente è venuto a mancare lo zio di un caro amico. Nello sgomberare la casa si è accorto che mancava quel quadro: abbiamo fatto una piccola ricerca in rete e l'abbiamo visto sul sito della galleria Boross... – avevo volontariamente taciuta la presenza degli altri tre – O perlomeno crediamo fosse quello: il mio amico non lo ricordava bene, nei dettagli, e tra l'altro d'arte non è che se ne intenda molto... Volevamo soltanto sapere se glielo aveva dato lui, il signor Merello, cioè il morto, da vendere... In caso contrario vorrebbe dire che l'aveva piazzato altrove, anche se sul suo conto in banca non ce n'è traccia... O che se l'è fatto fuori qualcuno. Magari qualcuno che bazzicava per casa...

– Se è questo che vi preoccupa, posso tranquillizzarvi: il Depero proviene proprio di lì. Dal signor Merello. Che poi era un "collega" se così si può dire, del padre di Ulrich. Glielo aveva dato per trovare un acquirente, dal momento che, economicamente, si trovava in brutte acque. Ulrich non ha mai trattato quel periodo, né quegli artisti, ma aveva accettato lo stesso per rispetto al padre, sapendo che in passato i due avevano collaborato a lungo. E perché penso che gli facesse pena, poveretto. Se lo ricordava quando venivano su, lui e il suo socio: era un bambino, e quell'omone bizzarro gli era simpatico, così diverso dagli esseri asettici e supponenti che abitualmente frequentavano casa.

Aveva preso un sorso di vino, e io l'avevo imitato. Le tartine erano superlative, specie quelle al salmone.

– Per un po' è stato sul sito, senza che nessuno mostrasse alcun interesse. Poi mi aveva chiesto di occuparmene, ma non è propriamente il mio genere... Così l'ho consigliato di passare per una casa d'aste. Diciamo un mesetto fa.

– Dunque quando Merello era già bello che morto...

– Ah sì? Non ne avevamo la più pallida idea...

– Ormai era un isolato. E non solo nel mondo dell'arte...

– Comunque ho preso contatti con Sotheby, perché Ulrich non voleva mettere in mezzo Christie's, dove aveva lavorato a lungo, conosceva tutti... Per via dell'etica professionale, insomma... Anche se aveva abitudini discutibili, era una persona corretta. Fin troppo... Loro hanno richiesto un'expertise, che è risultata fatale: falso! Inequivocabilmente. Quasi perfetto ma falso. Da buttare.

– E questo quando?

– Saranno un tre settimane... Forse meno...

– E il quadro? Magari il nipote vorrebbe averlo, per ragioni affettive.

– A dire il vero non me ne sono più interessato... In galleria non l'ho più visto. Magari lo ha a casa. In verità dovrebbe essere stato distrutto, ma è possibile che glielo abbiano restituito, assieme all'expertise, delegando a lui il compito di farlo, avendo nomea di essere persona più che onesta.

– Secondo lei, perché è stato ucciso?

– Non ha visto? Eppure c'era! Mi sembrano circostanze inequivocabili!

Lentamente, ma neppure troppo, il livello del liquido nella bottiglia andava calando. Di tartine non ce n'era più manco l'ombra. Carmen ne aveva però compensata l'assenza con dei salatini niente male. Un po', anzi, parecchio "burrosi" ma proprio niente male... Thomas mi piaceva, così, a pelle, e sentivo vagamente di potermi fidare... avevo preso a parlare a ruota libera.

– A parte che io, e senz'altro anche lei, ci siamo limitati a vedere "come" è stato ucciso, e di lì al sapere perché talvolta ce ne passa, oh se ce ne passa... Nel senso: ma se, come mi hanno detto tutti, e ieri sera mi ha confermato il suo compagno, Ulrich era uno che coltivava le sue perversioni senza guardare troppo al portafoglio, e si rivolgeva esclusivamente ad "agenzie" specializzate nel settore, a cui fanno capo fior fiore di professioniste, che ragione avrebbe avuto la ragazza, o le ragazze, di turno a farlo fuori? Non penso certo che si fosse rifiutato di sborsare il debito compenso. E neppure che avesse richiesto prestazioni tali da far ribellare chi quelle robe le fa per mestiere. E, a ogni modo, difficilmente si ammazza uno per cose del genere. Le pare?

– In effetti... In effetti tutti i torti non ce li ha... A dire il vero non ci avevo pensato. Nessuno ci ha pensato. Forse la Polizia... Sarà che era tanto risaputo, quel suo "vizietto", che a tutti è parsa una fine scontata. Come dire... una sorta di soluzione eclatante a un teorema che ogni buon "benpensante" – e qui, le assicuro, pullula, di "benpensanti" – ha ben formulato nella testa: fai quel tipo di vita, ecco la morte che ti spetta.

– E un pervertito in meno...

– E un pervertito in meno. Un preconcetto tanto pervasivo, subdolo e serpeggiante, che ha finito per essere tacitamente, supinamente accettato da chiunque. Anche da chi preconcetti pensa di non averne mai avuti o, come me, ha sempre cercato di combatterli...

– Credo che i preconcetti, quanto a dinamica interna, funzionino sempre così, a prescindere dai loro contenuti. Allora conviene con me che la "pista" sadomaso è tutt'altro che quell'autostrada rettilinea e sicura su cui hanno sfrecciato goduti poliziotti e media...

– Direi buona soprattutto per tacitare le coscienze. Anzi, esemplare.

– Ma che tipo era Boross?

– Un uomo davvero speciale: colto, ironico, intelligente… Sul lavoro ineccepibile, anche se non aveva il colpo d'ala del padre, quella genialità che si riscontra in pochi, in pochissimi, e che forse, nel suo caso, era stata acuita dalla necessità di aguzzare l'ingegno in un paese dov'era grossomodo un profugo.

– Profugo di extra-lusso, a quanto mi risulta. In un Occidente, e in un'epoca, in cui essere venuti d'oltrecortina ti metteva sulla testa un'aureola che faceva chiaro anche di notte.

– Vero… Vero. Ma lo sa che lei comincia a piacermi? A Rudolf è piaciuta subito, ma io sono in genere più riflessivo, meno entusiasta. Va detto che aveva ragione: una ficcanaso davvero simpatica.

– Una mia amica dice lo stesso. Non concorderebbe troppo sul "simpatica", però… Tornando a Ulrich…

– Tornando a Ulrich, come le dicevo, a parte la fissa dell'erotismo spinto, era un tipo a posto: i suoi lo avevano fatto studiare in un collegio nei pressi di Basilea, dai preti. Anzi, padri, padri barnabiti. Il top del top: per il figlio non badavano a spese. Volevano che avesse il meglio, in tutto. Poi l'avevano iscritto a Cambridge, dove si era laureato a pieni voti: una bella testa, Ulrich… E il lavoro da Christie's è venuto di conseguenza. Ma, beninteso, cominciando dalla gavetta.

– E la galleria?

– La galleria l'ha presa in mano quando suo padre si è ammalato: non è che fosse proprio entusiasta, perché a Londra ci stava benone. Ma si è adattato presto, prima con l'aiuto di sua madre, che a fiuto, in fatto d'artisti, uguagliava se non superava il marito, poi ha saputo fare da sé. Inizialmente con qualche difficoltà ma, una volta rodato, l'attività ha ripreso a funzionare al meglio. Anche più di prima, visto che aveva aperto a nuovi generi, oggi di gran moda: performance, video, installazioni multimediali. Strizzando l'occhio alla musica sperimentale.

– Lo conosceva da molto?

– Praticamente da sempre. Da quando ho iniziato a collaborare con suo padre, alla fine degli anni Novanta. Ma a quei tempi lui stava in Inghilterra, scendeva un paio di volte al mese, non di più. I fine settimana…

– Legami sentimentali? Mogli, fidanzate…

– Non attualmente. Ha avuto un'americana, per un po'. Una scenografa: curava allestimenti per i grandi musei. Poi è stata la volta di Dominique, un'antiquaria di Parigi. Ma aveva due bambini, e lui al tran tran famigliare non c'era portato. Insomma, non era uno da stringere legami solidi, mettersi in storie serie.

– Meglio le "signorine" di passaggio?

– Di passaggio nemmeno tanto: chi ha abitudini, o esigenze, del genere tende a rimanere in un certo giro. Magari ogni tanto sperimentava qualche new entry, consigliata dall'agenzia, ma di solito, a quel che so, si rivolgeva sempre alle stesse.

– Quindi la polizia sarà andata a colpo sicuro…

– Difficile a dirsi: non se n'è più parlato.

– Ma, mi ripeto, che senso aveva ucciderlo?

– Potrebbe darsi che una di loro sperasse in qualcosa di più… Si fosse illusa di poter fare il colpaccio: sposare il gallerista danaroso e mettersi a posto per il resto della vita…

– Mmmhhh, mi pare un'ipotesi un po' fantasiosa… Romanzesca… Tra l'altro, da quanto ho visto, purtroppo, mi è parso un bel pezzo d'uomo: difficile che una ragazza, e quelle in genere sono filiformi, a parte tette e culo spesso addizionati al silicone, abbia la forza di trattenere uno che si divincola in quanto prossimo a essere strangolato… Poi vede, Thomas, non è che io sia una grande esperta di pratiche erotiche "estreme", però, a quanto ho visto, m'è parso un teatrino messo su un po' d'accatto... Con gli attrezzi del mestiere che tutti ci aspettiamo: manette, cappucci, e robe del genere. E poi, come mai in galleria? Se era uno serio, discreto, "a posto", perché rischiare di farsi trovare lì dalla segretaria assieme a una inequivocabilmente del "mestiere"? O che qualche cliente "perbenista" la vedesse uscire?

– Mi sembra che lei abbia le idee piuttosto chiare: il suo ragionamento non fa una piega... E allora, secondo lei chi può essere stato?

– Non ne ho la più pallida idea... Conti in sospeso? Clienti truffati? Asse ereditario? Mi dica lei...

– L'eredità sarà un problema: a quanto ne so nessun parente diretto, a meno che non salti fuori qualche cugino ungherese... Tra l'altro per la galleria è un vero guaio. Quello che c'è dentro non si può toccare: è tutto in mano al notaio di famiglia, e presso di lui non c'è depositato alcun testamento. Del resto era giovane, chi va mai a pensare... Ci sono diverse opere non sue, che aveva in deposito, e i legittimi proprietari mi telefonano un giorno sì e uno no per informarsi su quando potranno rientrarne in possesso. Non aveva nemmeno amici stretti: le sue relazioni erano soprattutto di tipo professionale: artisti, colleghi, mercanti d'arte, critici... Con nessuno aveva un rapporto privilegiato: cene, aperitivi, qualche viaggio... Niente di più! Pacchi ai clienti non ne tirava mai, e gli artisti li pagava. Sempre. E bene. E in giri "sporchi" non ci si è mai messo: non giocava d'azzardo, non faceva uso di stupefacenti, beveva con moderazione...

La bottiglia era finita da un pezzo, e rischiavo di fare tardi... Ma tant'è...

– Dunque nessun movente, in apparenza...

– A parte quello del gioco erotico finito male...

– ...che mi pare piuttosto traballante... Non la stupisce la concomitanza con la questione del Depero falso?

– Non ci trovo alcun nesso, a dire il vero.

– Per il momento nemmeno io, però le coincidenze sono significative: il signor Merello muore in circostanze sospette poco dopo aver dato a Boross il Depero da vendere. Boross muore ammazzato poco dopo aver ricevuto la notizia che il quadro era falso... Strano, non crede?

– Com'è morto il signor Merello?

– Avvelenamento da funghi.

– Be', non mi sembrano circostanze sospette...

– Un po' sì: so per certo che di ovoli sul mercato locale non ce n'erano, e comunque quelli in vendita sono scrupolosamente controllati. Per cui glieli doveva aver portati qualcuno, qualcuno che veniva da fuori, come i funghi. E Amilcare Merello negli ultimi tempi riceveva pochissime, ma proprio pochissime visite. In che termini, se mi è permesso chiedere, il Depero era un falso "quasi perfetto"?

– Nel senso che fino a qualche decennio fa sarebbe passato di sicuro per buono. E probabilmente anche adesso, qualora non si possegga la tecnologia in uso fra i pagatissimi periti di un colosso come Sotheby: un'analisi accurata della tela, e ancor più dei pigmenti, ha infatti messo in luce che è stato fatto all'incirca negli anni Settanta. Da uno che aveva una mano eccezionale, un vero fuoriclasse. Mi chiedo se lo zio del suo amico ne fosse a conoscenza...

– Non saprei... No, penso di no: pazzerello quanto si vuole ma disonesto non credo... Ma l'ha portato di persona, a Boross?

– Sì. Se ricordo bene è venuto un weekend di fine maggio.

Mi era suonato il cellulare in borsa: Marcello. In effetti era tardissimo...

– È tardissimo, lo so! Scusa, non mi sono accorta che è quasi l'ora... Ma sì che ce la facciamo... Però fammi un favore: il trolley portamelo tu in stazione: che io sono già a metà strada... Dai, non rompere! Ti prometto che per farmi perdonare ti faccio una zuppa di pesce da ululare alla luna per più notti consecutive… Sì anche i gamberi con lo zafferano… Cinghiale? Vabbe', anche il cinghiale, ma non tutto la stessa volta!

Tredici

Rieccomi in mezzo ai bizantinismi del manuale di letteratura bizantina: non che ci fosse stata una, dico una, nota fatta come dio comanda. Un orrido guazzabuglio di citazioni buttate giù *alla cadde*, secondo l'uzzolo del momento. A volte la casa editrice era nominata, a volte no, altre mancava la città, altre l'anno di pubblicazione, talora entrambi. Gian Paolo mi metteva *sprescia* per via che l'autrice, una tipa secca dall'aria falsamente serafica, gli stava col fiato sul collo. Inutilmente, visto che da sempre teneva lezione nel secondo semestre. E tra l'altro di solito non aveva più di sette, massimo dieci studenti, visto che oltre a essere antipatica era pure una stronza notoria, con rispetto parlando.

Quando ci eravamo salutati, in fretta, visto che come al mio solito stavo rischiando di perdere il treno, con Thomas avevo buttato là che, per il Depero fasullo, avrei potuto chiedere a un amico, un ricercatore universitario che arrotondava facendo perizie per varie istituzioni, fra cui la Soprintendenza. A dire il vero lui era un esperto di Sei-Settecento genovese, ma senz'altro avrebbe saputo indicarmi qualcuno che si occupava di Novecento. Almeno così speravo. L'avevo chiamato il martedì, rimanendo sul vago. Ovvero evitando di sviscerare tutta la questione, per scongiurare il rischio che mi tenesse al telefono per ore, essendo Fabrizio un tantinello verboso. E curioso come una scimmia. E pure pettegolo, per giunta. Però, a quanto pareva, aveva sottomano la persona che faceva al caso mio, tale Riccardo Malvezzi che, nel settore, passava per un giovane talento. Ci eravamo dati appuntamento per il giovedì successivo, in un localino alla Maddalena, ora di cena.

Come sospettavo si trattava di una delle classiche trattorie modaiole tanto in auge fra gli intellettuali genovesi, o pretesi tali. In effetti, i requisiti fondamentali per essere ritenuta un *must* per clienti di tal fatta li aveva tutti: intanto per arrivarci si doveva scarpinare non poco nei meandri di *carruggi* ancora generosi nell'esibire una ricca scelta di prostitute di varia età, provenienza, religione, ma accomunate da tacchi dall'altezza inverosimile e minigonne che dire succinte sarebbe soltanto una vaga, vaghissima approssimazione. Poi era microbico: dieci tavolini in croce tanto vicini l'uno all'altro da non lasciare nemmeno lo spazio per posare la borsa in terra, apparecchiati con tovagliette in carta straccia, tipo quella che serve per incartare frutta e verdura, e gli immancabili gotti di vetraccio spesso un dito. Infine era letteralmente tappezzato di foto in bianco e nero perlopiù raffiguranti musicisti jazz.

Non c'era ancora nessuno. O meglio non c'era ancora Fabrizio, perché il Malvezzi non sapevo minimamente che faccia avesse. Così ero di nuovo uscita, sbattendogli letteralmente dentro proprio sulla porta che stava cercando invano di aprire nel verso sbagliato, tutto preso com'era in un'operazione di frenetico smanettamento su un cellulare di vecchissima generazione. Come sempre vestito di nero, nel chiaroscuro del vicolo stretto, appena sfiorato dalla luce calda del cielo settembrino che si indovinava sopra le cimase dei tetti, il suo pallore lunare, e le profonde occhiaie violacee che lo accompagnavano fin dai tempi del liceo, lo facevano sembrare un personaggio uscito fresco fresco dall'esistenzialismo francese. O da un film horror di Dario Argento.

– Ah, ci sei già… Non riesco a registrare un numero in rubrica… Devo aver pasticciato, perché ora non lo trovo più… – si era rivolto a un giovanotto belloccio con tanto di grembiule nero lungo fino ai polpacci – Ho prenotato: Molone. Tre persone…

Il tipo, con aria compita, ci aveva indicato un tavolo accanto alla finestra.

– Non sarebbe ora che te ne comprassi uno nuovo, di cellulare? Quello avrà dieci anni…

– Otto. Ne ha otto. Soltanto otto. Mi ci mancherebbe solo un cellulare nuovo! Già ci ho messo una vita a imparare come funziona questo… E mi incasino lo stesso…

– Che tipo è il tuo amico?

– Riccardo? Sono certo che ti piacerà: nel suo campo è molto conosciuto. E stimato. Ha curato diverse mostre sul futurismo, anche all'estero: a Bilbao e a Parigi. È considerato un'autorità soprattutto per la poesia visiva… Eccolo!

Riccardo Malvezzi aveva fatto la sua comparsa in jeans e maglioncino a V in cotone. Becco d'oca. Che in verità gli donava assai, essendo un bel moro con barba folta e baffi. L'una e gli altri curatissimi, senza un pelo fuori posto. Archiviate le presentazioni, sommarie e fulminee, aveva preso posto di fronte a me. Nel frattempo si era manifestato il cameriere con dei fogli in carta artigianale, giallina e pelosetta, su cui era stampato un ridottissimo menù. In compenso la carta dei vini sembrava l'enciclopedia Treccani: una roba spessa almeno quattro dita suddivisa in base alla provenienza geografica dei vini medesimi, scrupolosamente segnalata da alette colorate a bordo pagina.

– Non è che ci sia quella gran scelta…

– Ma se davanti hai un tomazzo da far impallidire perfino la *Divina Commedia*…

– Di cibaria, intendevo…

– È per via che lavorano solo con prodotti di prima scelta, freschi e in prevalenza *bio*: non c'è nulla che sia tenuto per l'indomani.

Nemmeno il sugo. Nemmeno il pesto. Così il sapore è valorizzato al massimo – mi aveva spiegato con superiore indulgenza Riccardo, che evidentemente in queste cose ci credeva.

– A dire il vero mia madre sugo e pesto li ha sempre conservati per più giorni, e non ho mai notato la differenza... Per non parlare del minestrone, che l'indomani, riscaldato, è di gran lunga più buono. Ma è questione di punti di vista... Che ne dite di un Ormeasco, tanto per restare in Liguria? Io prenderei acciughe alla *giadda* e insalata tiepida di polpo e patate – avevo comunicato al signore stempiato, probabilmente il padrone, venuto a prendere le ordinazioni. I miei due commensali avevano optato compatti per la torta di verdura seguita dalle quasi mitiche trenette "avvantaggiate", vale a dire impastate con la farina di castagne in aggiunta a quella normale, e condite con pesto, fagiolini e patate.

– Mi diceva Fabrizio che avresti bisogno di una consulenza...

– Consulenza è una parola grossa! Diciamo di qualche informazione, di qualche suggerimento... È una questione complicata...

Erano arrivati gli antipasti: avevano un aspetto splendido, ma quanto ad abbondanza lasciavano molto a desiderare... Mini porzioni al centro di piatti grandi come dei dischi volanti decorati con radi fili di carota e zucchina tagliate a julienne a contornare nel mio caso un rapanello, negli altri due un pomodoro ciliegino. Però le acciughe, in numero di cinque, e minuscole, erano davvero squisite.

– Bene, devi sapere che un mio vicino ha ereditato, in verità quasi più debiti che denari, da un prozio che non vedeva da anni il quale, poco prima di morire, aveva affidato un Depero a una famosa galleria di Zurigo sperando di trovare un acquirente. Senza farla troppo lunga, il gallerista mette il quadro all'asta da Sotheby, i cui esperti lo dichiarano però falso. Di ottima fattura ma falso...

– Nadia – si era intromesso Fabrizio – ti avevo detto che Fabrizio è in gamba, nel suo lavoro, ma se fossi in te dell'expertise di Sotheby mi fiderei...

– Figurati! Mi fido, mi fido... Certo che mi fido! Soltanto avrei qualche curiosità da togliermi, se Riccardo mi dà una mano. Vedi, il fatto è che il morto, a casa, un Depero vero ce l'aveva, appeso sopra la testata del letto. Almeno, un gallerista di Savona che l'ha visto sostiene che è autentico. Anche se a dire il vero si occupa di tutt'altro... E ce ne sono altri due in cantina, a questo punto non saprei se veri o falsi...

– Mmmhhh, Depero falsi... Intanto bisognerebbe verificare che non lo sia anche quello reputato autentico... Come si chiama il gallerista?

– Pincherle. Paolo Pincherle.

– Mai sentito!

– Non ne dubitavo...

– Comunque questa storia non mi è nuova... No, proprio per niente. Perché in effetti ne avvalorerebbe un'altra, che mi è stata raccontata un annetto e mezzo fa e a cui, a dire il vero, non avevo dato credito...

Erano arrivate le loro trenette e il mio polpo: anche in questo caso la quantità era irrisoria, ma trionfalmente esibita con steli d'erba cipollina metodicamente incrociati sopra il misero mucchietto di pesce, patate e olive taggiasche. Che poi, tra l'altro, l'erba cipollina col polpo non c'entra proprio un fico. Però fa tanto *sciato*.

– Perché?

– Ero andato all'inaugurazione di una mostra a Ferrara, dedicata all'astrattismo italiano. Per via che mi avevano chiesto di selezionare alcuni quadri del periodo futurista da proporre quali ideali precursori di quelli astratti. A cena, organizzata peraltro in un ristorante di lusso, senza badare a spese, mi sono trovato al tavolo con un pittore genovese, Lorenzo Viale, un tipo simpatico, molto socievole, sulla sessantina, forse qualcosina di più. Entrati in confidenza, dopo aver chiacchierato dei soliti problemi del mondo dell'arte, tipo galleristi che non ti pagano, collezionisti maniaci, critici asserviti al mercato e robe simili, mi dice tutto divertito di aver partecipato in prima persona, ma a sua insaputa, a un traffico di Depero falsi con la Svizzera.

– Come a sua insaputa? – si era intromesso Fabrizio con fare ridanciano – Pensavo che cose simili succedessero solo ai politici attuali...

– A sentire lui, girava in questi termini: il suo gallerista collaborava con un collega di Zurigo a cui affidava delle opere da vendere, ovviamente contraccambiando a propria volta il favore. Opere che venivano portate su con l'auto della galleria, una Volvo station vagon, proprio da Viale, che aveva tutto l'interesse a sobbarcarsi il viaggio in quanto fra queste c'erano pure le sue. A sobbarcarsi il viaggio e pure un minimo di rischio, in quanto, com'è ovvio, anche le opere d'arte sono soggette al pagamento di un dazio doganale esattamente come qualsiasi cosa venga importata da un altro paese. Ma visto che si trattava perlopiù di tele monocrome, o comunque non figurative, avevano studiato l'escamotage di farle passare, nel caso di eventuali controlli, per "pannelli decorativi", privi di qualsivoglia valore riconosciuto. Confidando naturalmente sulla scarsa competenza dei doganieri in merito alle tendenze d'avanguardia dell'arte contemporanea. Be', a distanza di qualche anno, terminato da tempo il viavai Genova-Zurigo, viene casualmente a scoprire che in mezzo a quegli involti fasciati in carta da pacchi c'erano anche dei Depero. Falsi.

– Toglimi una curiosità: qual era la galleria?

– Ah, una famosa: la Specola. Io ero convinto che mi stesse raccontando un sacco di balle. Sai, narcisisti come sono, gli artisti farebbero di tutto per essere al centro dell'attenzione. Oppure fosse uno di quelli che definisco "interlocutori mimetici": cioè che se sono con un medico parlano di malanni e medicine, se sono con un bancario di tassi d'interesse, con un avvocato dei casi in voga sviscerati a "Porta a porta", con un esperto di futurismo di futuristi, e via dicendo. In genere a vanvera, accumulando stupidaggini su stupidaggini. Immagino che ve ne saranno capitati anche a voi di personaggi così, no?

– Diciamo che con l'editoria non è così semplice… Ora però tieniti forte: il tale che ha cercato di vendere il Depero rivelatosi falso, Amilcare Merello, era uno dei due soci della Specola! Che aveva lucrosi contatti con la galleria Boross di Zurigo. Facile quindi che la storia di Viale sia vera, magari solo un pochetto romanzata, ma il giusto…

– In effetti… Tra l'altro, a detta del Viale, i falsi sarebbero stati opera di Giovanni Balbi, che anche lui gravitava attorno alla Specola…

– Balbi? Ma, se ricordo bene, Balbi era un "concettuale": faceva cose incasinatissime con pezzi di arnesi trovati in giro…

– Sì, Fabrizio, Balbi era un concettuale, anche piuttosto famoso, ma aveva studiato all'accademia Albertina, quella di Torino, e là si era fatto una bella "mano" anche sul figurativo. Insomma, volendo, sapeva dipingere come Velasquez. Solo che ha sempre preferito fare un lavoro di ricerca. A ogni modo, sempre secondo Viale, Balbi non sarebbe stato l'unico falsario alla corte di Malinverni: lui avrebbe, per così dire, spianato la strada ad altri più versati nel contemporaneo. Bannard, Dorazio, Nitsch. E Schifano: ma con Schifano è abbastanza facile. Quello che mi sembra strano è che, se è vero, non l'abbiano mai beccato.

Io avevo ancora fame: mi ero fatta portare il menù che leggevo e rileggevo senza trovare nulla che potesse soddisfare il mio ancora robusto appetito: di dolci c'erano solo i *cubeletti* e una banalissima crostata, che peraltro non mi piaceva un granché nemmeno quando ero piccola. Alla fine avevo ripiegato per le acciughe ripiene, pur essendo stra-che-sicura che non potessero minimamente eguagliare quelle fatte da mamma. Evidentemente anche ai miei due commensali la razione non era bastata, sicché si erano associati alla mia scelta.

– Ma, mi domando, – aveva rilanciato Riccardo – il morto, là, come si chiama...

– Merello.

– Bene: Merello. Allora, com'è possibile che 'sto Merello abbia pensato di piazzare un Depero fasullo oggi come oggi, con gli strumenti che ci sono per appurarne l'autenticità?

– Intanto va detto che il signor Merello *cioccava* come una campana da giovane, figurati da vecchio. Perciò avrebbe benissimo potuto pensare di dargliela a bere, di farla franca. È possibile anche che non fosse perfettamente al corrente dei progressi della tecnologia posti al servizio dell'arte: diciamo che viveva in un mondo tutto suo, in parte avulso dalla realtà. Ma per me è di gran lunga più verosimile che dei quadri taroccati non ne sapesse niente, nemmeno allora. *In primis* perché, a quanto mi hanno riferito, era tendenzialmente mitomane: figurati quanto avrebbe ingigantito una faccenda del genere, già di per sé succulento oggetto di conversazione. Vero è che magari non sarebbe stato creduto, avendo la nomea di ballista incallito. Tuttavia, qualora si sia coinvolti in maneggi di tal fatta, penso si eviti accuratamente di correre il rischio che possa circolare anche solo la voce dei propri traffici illeciti, per cui tacere con l'Amilcare era, a mio parere, altamente consigliabile. Secondariamente, per l'idea che mi son fatta di Merello a furia di rompere le scatole a chi l'aveva frequentato ai tempi d'oro, matto sì, e pure parecchio, ma disonesto no, no di sicuro. Tutto al contrario del suo socio, Nicola Malinverni, invece piuttosto portato a fregare la gente: a quanto pare ne ha fatte più di Carlo in Francia, tant'è che, chiusa la galleria, si è lasciato dietro un bel codazzo di creditori... Dunque, con tutta probabilità, Merello ha messo in vendita il quadro sicuro che fosse buono. Tra l'altro era solito dire a uno che ci stava un po' dietro, in pratica quello che se lo è *sussato* fino alla fine, che quei Depero, messi da parte oculatamente, e altrettanto oculatamente sottratti alle grinfie dell'ex-socio, gli avrebbero garantito una vecchiaia agiata e serena. A ogni modo, Riccardo, e anche te, Fabrizio, acqua in bocca, per carità! Che il mio vicino, l'erede, non ne sa ancora niente... Non vorrei che ci si mettesse di mezzo la polizia, che quelli a complicare le cose son dei professionisti...

– Però io un'occhiata a quei quadri gliela darei volentieri...

– Bravo! Però soft, senza battere la grancassa: lo diciamo al nipote, che intanto spererebbe di venderli, e poi gli dai la ferale notizia. E se invece quello sopra il letto fosse mai buono, gli fai l'expertise, magari gli trovi un acquirente e ti becchi la percentuale. Che ne dici, come piano d'attacco potrebbe andare?

– E dei falsi, che se ne fa?

– Io li brucerei in tutto silenzio, che grattare rogne vecchie di trent'anni non mi sembra affatto il caso.

– Forse hai ragione, anche se una denuncia ci starebbe, a mio parere.

– Abbiamo tempo per pensarci. Ora però togliamo le tende, che domani ho una giornatina che ve la raccomando...

Il conto era risultato salatissimo. Almeno in misura di quello che avevamo mangiato. E non ci avevano neppure offerto il classico liquorino, per cui, usciti nella frescura un po' umida del vicolo, avevo mentalmente tracciato sulla porta del locale una bella croce: come è solita dire mia madre, *cruxe de beccu, restighe seccu*, ovvero col piffero che mi ci rivedi, qua dentro. Ma manco morta!

Loro erano scesi a Campetto per raggiungere gli autobus di Caricamento. Io mi ero incamminata verso via Garibaldi, per andare a recuperare la macchina al Carmine, dove avevo miracolosamente trovato un posto striminzito ma "legale", nelle righe bianche. In giro non c'era anima viva: i palazzi barocchi della "Strada nuova", illuminati da luci algide avevano un che di spettrale, noto ma spettrale, come certi fantasmi "di famiglia" che senz'altro ci turberebbero, ma non più di tanto. Come si fa ad avere paura della nonna, che ti teneva sulle ginocchia da piccola, o dell'Elvira, per quanto rompiballe fosse stata in vita? A volte mi piacerebbe perfino che venissero a trovarmi, per potere parlare ancora una volta con lo zio Nando che mi portava a raccogliere le amarene ed è morto quando avevo cinque anni. O con la zia Amelia, per chiederle cosa metteva di particolare nel pandolce, che io con quel sapore non ne ho mai più mangiato. O nonno Tavio, e gli chiederei di cantarmi quella romanza dei *Pagliacci* che ha accompagnato la mia primissima infanzia. E già che ci siamo anche il signor Merello, così mi farei dire chi gli ha portato quegli stramaledetti funghi, e potrei dormire finalmente sonni tranquilli.

Quattordici

Ero alle prese con un Eliodoro Qualchecosa – poeta del quarto secolo a quanto pare autore di un romanzo pastorale le cui valenze formative per studenti destinati, se andava bene, ad andare a insegnare al liceo, in caso contrario costretti a iniziare la propria carriera lavorativa dando resti alla cassa della Coop, a mio giudizio erano prossime al grado zero – quando era suonato il telefono: Prini. Effettivamente mi ero ripromessa di chiamarlo, avendo trovato la sera prima, tornata a casa dal ristorante, l'avviso di una sua chiamata non risposta sul display del cellulare.

– Ciao, Franco, ti avrei telefonato fra poco, dopo aver finito questa pizza del manuale di letteratura bizantina...

– Già, si dice sempre così...

– Ma è vero! Giurin-giurella! Che mi racconti?

– Volevo sapere se eri libera per cena...

– Liberissima! Dove mi porti di bello?

– Qui da me, preparo io: mi hanno regalato un tartufo gigante.

Ahhrr ahrr

– Mmmhhh... buono! Vado matta per i tartufi, anche se è da un bel pezzo che non ne mangio: l'anno scorso è stata un'annata moscia, e costavano un capitale. Bene, così ti aggiorno sui miei progressi nell'inchiesta.

– Quale inchiesta?

– Ma il "caso Merello", no?

– Ossignore! Ancora con Merello? Ma non ti è bastato il casino di Zurigo?

– Dai, che stasera ti relaziono: per le otto?

– Per le otto!

Alle otto meno un quarto ero là che suonavo il campanello, dopo aver *sacrinato* non poco a trovare posteggio sulla spianata di Castelletto, invasa da giovinastri intenti a sorbirsi mojitos nei dehors dei vari locali e famigliole che ancora affollavano la gelateria, una delle più note della città. Sotto di noi Genova si dispiegava ammonticchiata ostentando il grigio delle sue ardesie a un cielo percorso da esili striature color albicocca.

Non c'è che dire, aveva preparato proprio per benino: sul tavolo in cristallo, attraversato dal *runner* nero, campeggiava un bouquet di anthurium di un intenso rosso rubino, in pendant con i grandi sottopiatti in vetro e i tovaglioli.

– Sei proprio un perfetto massaio!

Avevo posato il giubbotto di pelle su una sedia, subito requisito per essere debitamente collocato nell'armadio-guardaroba sistemato oltre la porta che dava sul disimpegno posto fra il bagno e la camera da letto. Dalla finestra aperta sul piccolo giardino filtrava la luce azzurrognola della sera, profumata del salmastro soffiato da una tiepida brezza marina. Sul tavolino, una bottiglia di barolo attendeva di essere versata nel *decanter*, posato vicino a una coppetta di fiori di capperi. Mi ero accomodata mentre Prini si dedicava all'operazione, delicatissima, del travaso del vino nel grosso contenitore panciuto.

– Questo è per la cena: come aperitivo pensavo a qualcosa di più leggero. Ho già aperto un nebbiolo...

– Che hai preparato, di bello?

– Di buono, più che di bello: carpaccino con i tartufi, risotto con i tartufi, scaloppine con i tartufi.

– Gnammm!

Riempiti i due bicchieri, si era sistemato vicino a me, sul divano.

– Non sei ansioso di sapere dei nuovi sviluppi dell'*affaire* Merello?

– Sono terrorizzato alla sola idea di quello che potresti avere combinato.

Avevo preso a roteare il bicchiere per assaporare al meglio il profumo di viola che emanava quel vino corposo dai riflessi granati.

– Intanto ho rifatto una capatina a Zurigo…

– Guarda che un'altra volta fuori dai guai non ti ci tiro più, eh!

– *No problem*: è andato tutto liscio come l'olio. Sono riuscita a rintracciare il critico della galleria, Vanzini.

– E per quale ragione?

– Volevo sapere del quadro… Del Depero…

– Certo che quando ti ci metti sei proprio una testona!

– Ottimi questi fiori di cappero! Be', alla fine era falso!

– E il gallerista erotomane morto ammazzato non se l'era data?

– No, anche perché si trattava di un falso d'extralusso: quasi perfetto. Era possibile accorgersene soltanto con l'ausilio di supertecnologie: tela e pigmenti erano inconfutabilmente degli anni Settanta. Quando Depero era già polvere da tempo. E a meno di non voler scomodare il suo fantasma…

– Be', così puoi escludere che l'omicidio del tizio, come si chiamava?

– Boross, si chiamava Boross.

– Che l'omicidio di Boross sia in qualche modo collegato al quadro del vecchio pazzo. Metto su il risotto.

– Ti do una mano?

– No, me l'arrangio da solo. Piuttosto porta in tavola i carpacci.

Aveva armeggiato per un po' attorno alla pignatta in terracotta, poi aveva tirato fuori il classico arnese per affettare il tartufo e il tartufo medesimo, avvolto in una pezzuola di cotone bianco. Dopo averne distribuita un'abbondante porzione sulle fettine di vitello rosato, appena spruzzato di limone e condito con un filo d'olio, mi si era seduto di fronte. Aveva un profumo stupendo: acuto e con un vago sentore di terra umida.

– Comunque, a quanto consta, il quadro glielo aveva portato Merello. In persona.

– Dunque tutto regolare, ti pare?

– Insomma... Ma non lo *rumesci*, il risotto?

– Non serve: se non lo mescoli dall'inizio, non si attacca.

– È quello che sostiene anche mia madre. Io non ci ho mai provato. Per principio.

– Perché dici insomma?

– Perché c'è qualcosa che non mi torna...

– Che cosa?

– Non lo so ancora, non riesco ad afferrarlo: di tanto in tanto mi si affaccia nel cervello ma svanisce prima che io riesca a focalizzarlo... Percepisco che c'è qualcosa di fuori posto, di sghembo, come un vuoto logico, che non sono ancora in grado di decifrare.

– Va' che sei ben complicata!

Il carpaccio ce lo eravamo spazzolato in un lampo, e giusto il tempo di levare i piatti era suonato il timer della cucina: un attimo dopo il risotto era in tavola, la pentola appoggiata su una piastrella lucida, rossa, appena screziata di nero. Una buona metà del tartufo ci era finito sopra, a fettine finissime.

– Devo dire che ti hanno fatto proprio un bel regalo!

– Me lo ha portato un tipo che ha sparato al cognato.

– Tipico caso di corruzione all'italiana...

– Ma no, figurati: è un poveraccio semi-analfabeta che durante una battuta di caccia, credendo di tirare a un cinghiale ha preso il fratello della moglie. Ho suggerito che gli concedessero gli arresti domiciliari, anche perché è lì prossimo agli ottanta.

– Sei veramente un ottimo cuoco! Complimenti!

– Ma secondo te cos'è che non torna?

– Tutto non torna… Intanto i funghi, che non sappiamo chi glieli ha portati. Poi il Depero: Merello lo porta a Boross e schiatta poco dopo. Boross scopre che è falso e schiattano pure lui…

– Ma sono semplici coincidenze: sei tu che le colleghi in base a una tua idea preconcetta. Pensi che tutti i morti con cui vieni in qualche modo in contatto siano vittime di oscuri complotti e di omicidi efferati.

– Non tutti: anche mia zia Elvira è morta all'ospizio, e non mi è mai venuto minimamente il sospetto che qualcuno l'abbia fatta fuori. Per me, le cosiddette coincidenze non sono che frammenti, schegge di una verità che non riusciamo a cogliere. Come le goccioline di rugiada che imperlano una ragnatela: noi vediamo quelle perché luccicano al sole, ma i fili che le tengono sospese spesso sfuggono al nostro sguardo. Mi chiedevi cos'è che non torna? Tanto per cominciare Boross: pare che fosse un tipo tranquillo, a posto, che coltivava le proprie perversioni in maniera asettica, svizzera, direi: solo professioniste fidate, scelte dalle migliori agenzie del settore. Dubito che a ragazze così strapagate possa venire l'uzzolo di far fuori il cliente. Specie se danaroso. Danaroso e generoso. Poi il posto: in galleria, con la segretaria perfettina – tailleur, occhialetti in tartaruga e coda di cavallo – in arrivo. Non mi sembra verosimile.

– E allora chi sarebbe stato?

– Questo non lo so, ma per me qualcuno che voleva toglierlo di mezzo facendo credere che la ragione fosse un'altra da quella vera. Anzi, per evitare del tutto che si andasse a indagare sulla vera ragione, visto che ce n'era una già bella squadernata sotto gli occhi di tutti.

– Ma quale potrebbe essere, la ragione?

– Non ne ho la minima idea... Qualcosa che abbia attinenza col Depero fasullo.

– Scusa, il Depero però ce l'aveva da qualche mese, a quanto mi dici visibile sul sito...

– Ho parlato di Depero fasullo, non di Depero e basta: secondo me la scoperta del fatto che non fosse autentico è in qualche modo collegata con la morte di Boross.

– Il che esclude qualsiasi legame con quella di Merello, avvenuta quando il quadro era ritenuto ancora originale, ti pare? Per cui, non potendo essere stato ucciso dal Merello medesimo che, pur avendo motivo di farlo, essendo miseramente andata in fumo la sua "assicurazione sulla vecchiaia", era già sottoterra da un pezzo, e comunque non sarebbe stato nelle condizioni fisiche per farlo, ogni sospetto non può che cadere sul falsario.

Era inequivocabile che mi stesse prendendo per i fondelli, considerato il suo tono divertito.

– Dammene un po' un'altra cucchiaiata, va'... Checché antipatico, va detto che hai doti culinarie non da poco. A ogni modo so benissimo chi è il falsario, dunque basta solo chiederlo a lui, se ha fatto secco Boross.

Un affondo niente male: l'avevo colto alla sprovvista, e ora mi guardava col labbro pendulo strabuzzando gli occhi.

– Peraltro ci sono buone probabilità che siano falsi anche gli altri due gelosamente conservati nello scatolone della Sanson.

Secondo affondo: l'iniziale sconcerto aveva lasciato posto a un'espressione corrucciata. Soprattutto preoccupata. Si era diretto al bancone e, in silenzio, aveva iniziato a infarinare le scaloppine. Poi, sempre in silenzio, le aveva adagiate con cura in padella. Io avevo tolto le fondine, sistemandole nella lavastoviglie: il fatto che fosse tanto impensierito mi inquietava non poco. Pochi minuti dopo la carne era cotta, scodellata nei piatti e abbondantemente cosparsa di tartufo.

– Me lo vuoi dire cos'è che hai? Un attimo fa eri tutto ridanciano…

– Ho che così non va: giochi a ficcare il naso in affari loschi, e prima o poi, vedrai, che di naso ti ci fanno picchiare, come ai gatti…

– Non vuoi sapere del falsario?

– No, non lo voglio sapere: ti rendi conto che è un reato? Che mi toccherebbe aprire un'istruttoria? Magari perfino scomodare i carabinieri, che in fatto di opere d'arte o pretese tali hanno praticamente il monopolio? Che dovrei ordinare il sequestro del contenitore per gelati per gli accertamenti del caso? Che già me la vedo, mezza Questura a sbellicarsi dal ridere, e l'altra mezza a cercare il modo di silurarmi, considerati i costi delle necessarie perizie e l'impegno di uomini distolti da casi certo più terra terra, ma considerati da tutti prioritari: del tipo spaccio di droga, pedofili in agguato all'uscita delle scuole, prostituzione minorile a manetta. Ah, e non dimentichiamo che dovrei fare il tuo nome e finiresti con l'essere indagata anche tu. E non è escluso che venga fuori la questione degli svizzeri che ti hanno pescato a gironzolare sul luogo di un delitto. A volte mi chiedo dove hai la testa… Anzi, se ce l'hai, una testa…

– Indagata per gironzolamento doloso e mancanza di testa aggravata? – volevo farlo di nuovo sorridere. E c'ero riuscita – Insomma, mica sei vicequestore sempre, dalla mattina alla sera! Tipo se vai a far pipì in un locale pubblico, o sul treno, e dall'odore di fumo capisci che qualcuno si è fatto una canna, non è che fai bloccare le porte e chiami la narcotici ad annusare l'alito di tutti i presenti. E poi, ti assicuro, non c'è una legge che vieta a un vicequestore di avere un'amica cretina! Se ingoio ancora anche solo una briciola, esplodo! E tu potresti dover gestire la prima indagine al mondo su un uomo-bomba, anzi, una donna-bomba al tartufo... Dai, chiedimi del falsario! Ti prego ti prego ti prego!

– Su, dimmi del falsario, che se non *quieti*. Ma dimmelo dopo che abbiamo sparecchiato e ci siamo spaparanzati sul divano.

Con in mano io un bicchiere di porto, e uno di whisky torbato lui, l'avevo presa un po' alla lontana, cercando di mettere in atto il mio piano di intortamento. Piano che, vista la precedente lavata di capo, aveva pochissime possibilità di sortire risultati apprezzabili.

– Allora, ho chiesto a un amico di un mio amico...

– Brava, metti bene in giro la voce, così ci sono più possibilità di tirare su un bel casino...

– ...un tizio che è un grosso esperto di futurismo, il quale mi ha riferito una storia che gli era stata raccontata tempo fa da un artista: all'epoca non le aveva dato tanto credito ma alla luce degli avvenimenti recenti pare del tutto credibile.

– E cioè?

– Cioè che negli anni Settanta c'era un fiorente traffico di quadri falsi tra l'Italia e la Svizzera. Anzi, fra Genova e Zurigo. I Depero falsi sarebbero stati opera di un pittore genovese, tal Giovanni Balbi. Per quanto ho avuto modo di sapere, Boross padre e sua moglie aiutavano, per così dire, Victor Vasarely all'apice del successo a tener dietro alle "ordinazioni", realizzando dietro suo progetto dei dipinti che poi lui firmava come se fossero autentici. E che, in questa maniera, autentici lo diventavano ufficialmente a tutti gli effetti. Peraltro, aggiungo io, non è detto che, appresa la tecnica, non ne confezionassero altri in proprio, sottobanco. Quindi plausibilmente il traffico avveniva nelle due direzioni: io ti piazzo i futuristi taroccati in terra elvetica, e tu mi piazzi i Vasarely autoprodotti, senza l'*imprimatur* del maestro, propinandoli ai collezionisti italiani. Che ne pensi?

– Che non vedo uno straccio di movente...

– Nemmeno io. Per ora… Ma se tu riuscissi a rintracciare in qualche modo Balbi… Io ho guardato dappertutto: sull'elenco telefonico, in rete, perfino sulle pagine gialle, sotto la categoria "falsari"… – avevo cercato di sdrammatizzare – Niente! Niente di niente! Niente assoluto! Per cui se con i potenti mezzi messi a disposizione dalla Celere tu potessi…

– Tu sei matta! Ma proprio matta tutta!

– Mica lo devi fare in forma ufficiale…

– E ci mancherebbe altro! Che lo facessi pure in forma ufficiale…

– Allora lo fai…

– Ma no che non lo faccio!

– Dai… Che ti costa…

– Guarda, lasciamo perdere. Parliamo d'altro. Di qualsiasi cosa. Chessò, della situazione in Siria, dell'effetto serra, dei grizzly che sono a rischio di estinzione… Di tutto meno che di quell'imbecille di Merello, il quale non riconosce nemmeno un'amanita falloide, nonostante sia il fungo velenoso per eccellenza, immancabile nei boschi di fumetti e cartoni animati.

– Quella è la muscaria…

– Eh?

– I pallini ce l'ha l'amanita muscaria, non la falloide. E non è tossica come l'altra. Però ha effetti allucinogeni.

– Guarda, stammi a sentire: non parliamo proprio più di niente. Ce ne andiamo a letto e basta. È ovvio che resti a dormire da me, visto che ci siamo scolati due bottiglie, delle quali una faceva attorno ai quindici gradi. E se ti fermano saresti perfino capace di chiedere a quelli della volante di andarti a cercare sul database della polizia 'sto Giovanni Balbi, adducendo chissà quale scusa farneticante…

– Devo proprio dire che mi hai dato un'idea mica male… Cercherò di metterla in pratica al più presto!

Quindici

La domenica ero andata da mamma: erano già due weekend che non salivo e iniziava a dare segni di impazienza, per usare un eufemismo. E poi avevo in ballo una cena con Carla: Luca, esausto della clientela rognosa e esigente del bar, si era finalmente deciso a fare il gran passo, dare fondo al conto in banca e rilevare una pizzeria già ben avviata, la Durendal.

Ero entrata in cucina di soppiatto, stupita che l'orecchio sopraffino di mia madre non avesse captato il rumore delle ruote sulla ghiaietta del cortile. Ma il mistero era stato presto risolto: era intenta nella confezione di una *cima* di dimensioni considerevoli, mentre alla tele andava l'ennesima replica di un episodio di Derrick, che per un'incomprensibile distorsione linguistica lei si ostinava a chiamare Drakon. Da sempre.

– Ciao, ma'… Cos'è, stasera hai invitato il settimo cavalleggeri?

– Sei arrivata… Era l'ora! È quasi buio…

– Ti devo confidare che la mia macchina, benché vecchiotta, i fari ce li ha…

– Non stasera: domani. Domani a mezzogiorno.

– Così domani abbiamo a pranzo il generale Custer e non mi hai avvisato. Mi sarei portata qualcosa di appropriato da mettere…

– Ma che generale e generale… Noi mica ne conosciamo di generali… Vengono i nuovi vicini, i Tagliafico. Sono persone così per bene… L'altro giorno tuo padre è andato a dare un'occhiata alla luce di fuori, che non si accendeva, e lei mi ha portato una scatola di cioccolatini. Di quelli buoni: Lindt.

– I miei di Sprüngli ti sono piaciuti?

– Sì, sì, ma vuoi mettere i Lindor? Fanno un sacco di pubblicità alla televisione.

– Comunque a me sembra grossa, la *cima*... E poi non è un po' "invernale"?

– Cosa vuol dire "invernale"? La *cima* è la *cima*, e basta.

Messa a tacere dalla fulminea icasticità di quella tautologia, mi ero lasciata avvincere dalla suprema perizia con cui assolveva l'arduo compito di farcire, a suon di cucchiaiate, la tasca di carne in precedenza cucita su tre lati con il filo bianco da imbastire.

– Che ci hai messo nel ripieno?

– Cosa vuoi che ci abbia messo? Il solito, no? Carne tritata, *laccetti*, *granelli*, funghi secchi, pinoli, piselli e grana. Ovviamente le uova. E la *persa*.

– Niente carote? Danno un punto di colore...

– Noi non ce le abbiamo mai messe, le carote. E poi mica si mangia, il colore... Dai, tienimela aperta che ci metto le uova intere.

Aveva aperto l'uovo facendo attenzione a far colare tutto il bianco sul composto prima di lasciar cadere con delicatezza il tuorlo. Poi altre cucchiate di impasto, ancora un uovo, ancora impasto e l'ultimo uovo. Ancora un po' di impasto e aveva preso a cucire il lato aperto. Ora bisognava solo farsi il segno della croce, visto che a mia madre le *cime* sono sempre scoppiate durante la cottura. La ragione era nota a tutti: le riempiva troppo. Ma non voleva sentirselo dire. E poi ci rompeva le balle a tutti per mezza giornata, afflitta per la non perfetta riuscita del piatto. Non perfetta per modo di dire: perché erano sempre buonissime, anche se ad aspetto lasciavano un tantinello a desiderare, mezze sciancate come finivano per apparire. Ma la farcia che usciva dall'inevitabile spaccatura rendeva il brodo ancora più buono... E questa era la magra consolazione che mio padre ogni volta le elargiva per sollevarla. Ma soprattutto per porre fine al lagnoso piagnisteo con cui ci affliggeva.

Alle otto e mezza facevamo il nostro ingresso da Durendal: il locale completamente rinnovato, mostrava inequivocabilmente la mano, e il gusto, di Luca: colori tenui, tovaglie e tovaglioli tono su tono, *affiches* intriganti il giusto. Era pieno all'inverosimile. Dopo i soliti *squexi* scambiati col nostro amico di una mezza vita, entusiasta per la nuova avventura in cui si era imbarcato, ci aveva sistemate in un tavolino in veranda, debitamente prenotato da Carla per tempo. Altro che pizzeria: pizze a parte, il menù offriva ogni ben di dio, dai funghi ai pesci, dalle carni alle torte di verdure... Non c'era che l'imbarazzo della scelta. Avevamo rinunciato senza remore alla pizzetta programmata per tuffarci con trasporto in un carpaccio di salmone seguito da un misto di crostacei saltati allo zafferano.

– Carino il tuo twin-set...

– Saldo della scorsa primavera... Com'è andata la tua trasferta elvetica? Scoperto qualcosa di nuovo?

– Niente di che... Solo che il Depero, alla luce di un'accurata expertise effettuata da Sotheby, era falso.

– Mi ci sarei giocata la mamma... Figurati se c'è ancora in giro roba simile non censita...

Al tavolo a fianco due ragazzotti erano alle prese con due pizze giganti, che avevano attaccato secondo l'invalsa pratica di cominciare dal centro, ammonticchiando metodicamente i bordi a lato del piatto. Davanti avevano quattro lattine di birra, due delle quali ormai vuote.

– Mah! Potrebbe essere la pista giusta: traffico di quadri falsi fra l'Italia e la Svizzera. A quanto pare a Genova, negli anni Settanta, c'era uno che arrotondava taroccando i futuristi. Uno che frequentava Merello.

– Negli anni Settanta? Non ti sembra che ci abbiano pensato su un po' tanto, prima di seccarlo?

– È esattamente quello che sostiene Prini... Non è che vi siete messi d'accordo per intralciarmi le indagini?

– Prini? Ancora? Ma è possibile che non te ne liberi?

– Uffa, che rompi che sei!

– È che fai male, a tenere il piede in due scarpe. Tra l'altro, Valerio è così carino, premuroso, innamorato: non se lo merita!

– Cambiamo argomento, se non ti dispiace... Senti qua, piuttosto...

– Che cosa?

– La mia teoria.

– E dimmi la tua teoria...

– Bene: Merello e il suo socio, quell'essere abietto del Malinverni, mettono su un giro di tele fasulle, ben falsificate ma fasulle...

– Più di trent'anni fa...

– Più di trent'anni fa. Che piazzano a Zurigo grazie a un collega compiacente. A Merello ne restano alcune che, essendo ridotto quasi sul lastrico, decide di alienare. Per piazzarle contatta la galleria con cui lavoravano un tempo: ma si trova ad avere a che fare col figlio del suo vecchio amico, che nel frattempo è morto...

– ...per cause naturali...

– ...e gli propone il Depero.

– A questo punto bisogna supporre che o il gallerista...

– ...Boross...

– ...o che Boross non sia stato al corrente della natura truffaldina della transazione, o che fosse anche lui scemo perso, altrimenti mica avrebbe scomodato Sotheby, ti pare?

– Acuta osservazione! Ci devo lavorare…

– E poi chi avrebbe ucciso Merello? Boross no di sicuro, visto che non era al corrente della gabola. E Boross? Sicuramente non Merello, già in avanzato stato di decomposizione…

– Hai ragione da vendere… Bisogna per forza ipotizzare l'intervento di una terza persona… Magari il Malinverni…

– Guarda che ad ammazzare due persone ci vuole un certo fegato. E una certa metodica. Non ci si improvvisa mica assassini su due piedi… E poi che ci avrebbe guadagnato il Malinverni? Visto che intanto i due quadri superstiti non li ha trovati… Facile che non sapesse neppure che esistevano… Inoltre, che senso avrebbe avuto far fuori Boross?

– Be', quanto a questo un senso c'è l'avrebbe: aveva appena scoperto che il Depero era falso…

– Ebbè? Lui che c'entrava? La transazione l'aveva fatta Merello, di cui non era più socio da un sacco. In caso le cose si fossero messe male avrebbe potuto chiamarsi fuori senza troppi problemi… Domani mi vedo con uno…

– Ma va'? Un collega?

– Quelle due mazzancolle ce le lasci?

– Le mangio, le mangio… Dammi tempo: lo sai che sono lenta, no?

– No, l'ho conosciuto giovedì sera al giapponese di Alessandria: stava spalmando il *wasabi* come se fosse burro, cospargendolo ovunque, e piazzandoci pure sopra lo zenzero… Gli ho fatto notare che non era quella la maniera di usarli, e ci siamo messi a chiacchierare. Un biondino sui quarantacinque: ha una concessionaria. Ed esce da una storia disastrosa…

– Non sta a me giudicare, ma io con uno che mette il *wasabi* direttamente sull'*uromaki* non ci uscirei manco morta… Dai, salutiamo Luca e andiamo a dormire, che domani mia madre ha invitato i vicini, e se non le do una mano a preparare mi mette su delle *pippe* che levati...

Speravo di dormire. Almeno fino alle dieci-dieci e mezza, quando sarei stata cooptata a forza da mamma nella cerimonia del metter tavola. Nonostante i nostri ospiti non sarebbero arrivati prima dell'una. E invece no: alle sette ero stata svegliata da un casino micidiale in cui si mescolavano in equa proporzione il rombare tossicchiante dei trattori e un vociare indistinto di persone che interloquivano fra loro a un numero di decibel degno dello stadio Delle Alpi di Torino. La vendemmia: *porca martina*, me ne ero completamente dimenticata! Dopo essermi a lungo girata e rigirata nel letto sperando inutilmente di riprendere sonno, alle otto mi ero alzata. In cucina mia madre si affaccendava a riempire ciotole di funghi sott'olio, olive, insalata russa, mentre mio padre se ne leggeva placido il giornale.

– La cima è scoppiata...

– Come sempre, mamma...

– Il brodo così sarà più buono...

– Ma oggi il brodo non lo mangiamo! Faccio le *tagenne* col sugo di funghi...

– Bene: così il brodo ce lo teniamo per stasera.

– Probabilmente anche per domani, dopodomani, e domani l'altro ancora, pa', vista la dimensione della pentola...

– Comunque è stata in *carregöia* tutta la notte: dentro è bella asciutta.

– Sarà uno spettacolo, ma'...

Il pranzo alla fine era andato benone: per cominciare avevo dato ai Tagliafico la ferale notizia dei quadri falsi, addolcendola con la probabilità che quello sopra il letto potesse essere invece autentico. Bisognava solo scomodare il mio nuovo amico per effettuare una perizia. Poi il discorso era andato a cadere, come al solito, sui morti:

sulla bella vita, e piena, che in fondo aveva avuto l'Ernestina, sulla compagnia che lei e l'Elvira, con i rispettivi mariti, si erano fatti prima in gioventù e poi in età avanzata, sui denari scialacquati da Merello, dio ce l'abbia in gloria, nonostante tutto. Verso le cinque avevo tolto le tende: a casa avevo una marea di robe da fare, e la settimana si preannunciava incasinata.

Dal momento che, presumibilmente, con Prini non sarei riuscita a cavare il classico ragno dal buco, il martedì mi ero decisa a fare una visita a Mary, quella che stava col Malinverni nel periodo incriminato. Così, uscita dalla casa editrice più presto del solito, causando le ire di Gian Paolo che mi incolpava, del tutto pretestuosamente, del ritardo con cui sarebbe uscito l'obbrobrioso manuale di letteratura bizantina, mi ero diretta verso piazza delle Erbe.

Il negozio l'avevo trovato subito, il primo di via Canneto il Lungo: due vetrine allestite con gusto in cui facevano bella mostra, appoggiate su rami secchi colorati delle tinte più varie, dal grigio smorto al rosso acceso, collane alternanti pietre semi-preziose di diversa foggia e dimensione a perle coltivate e sferette di vetro o di ceramica. Su minuscoli cuscini di velluto erano posati orecchini, braccialetti e qualche anello. A lato, sopra una serie di mensole di cristallo, un ricco assortimento di ciondoli e spille: in giada, in osso, in corno. Fra queste ultime ce ne era una particolarmente bella: una lucertola dai contorni sinuosi e morbidi che pareva sonnecchiare al calore dei faretti a led, surrogato artificiale di un sole che lì non arrivava neppure nelle ore centrali della giornata. Avevo dato un'occhiata circospetta all'interno, ed ero entrata.

In fondo alla sala circondata da vetrinette dedicate ciascuna a gioielli di colore simile, un tavolo su cui era posizionata una grande lente provvista di un illuminatore che proiettava il suo cono di luce fredda su un tappetino di velluto nero. Dietro, una bella signora sui sessanta, asciutta, con una folta capigliatura castana che faceva risaltare due profondi occhi blu. Al mio ingresso si era alzata aggiustandosi la gonna in seta beige a fiorami che poggiava appena sopra al ginocchio, e mi era venuta incontro:

– Buona sera, ha già visto qualcosa che le interessa o preferisce curiosare un po' attorno? Tenga presente che se ha in mente qualcosa di preciso glielo posso realizzare su ordinazione...

La sua gentilezza calda, il sorriso accogliente, il tono vivace e insieme pacato della voce mi avevano colto alla sprovvista. Come del resto l'eleganza raffinata del suo abbigliamento: non so perché me l'ero immaginata come un tipo volgare e pacchiano, magari per via che stava con quel mostro del Malinverni. O forse in quanto contagiata da un pregiudizio di mamma, secondo cui le slave che vengono in Italia sono in prevalenza delle mangiauomini scarsamente selettive che per accalappiare il gonzo di turno si strizzano in tubini leopardati e canottiere in *paillettes*.

– In verità avrei adocchiato una spilla, quella a forma di lucertola.

– Si accomodi pure sulla poltroncina: vado a prendergliele. È fortunata: me le hanno portate da poco, e ne ho ancora un discreto numero: potrà scegliere in base al suo gusto...

Era scomparsa dietro una tenda cacao, e ne era risbucata poco dopo con un rotolo in camoscio chiaro. Si era a sua volta seduta al di là del tavolo, spostando con garbo il tappetino ingombro di pietre dure, matassine di filo di seta e catenelle in argento, per far spazio all'involto che, aperto lentamente e con garbo, poco a poco mi svelava il suo contenuto.

– Vede, ne ho di varie tonalità: guardi questa che carina, di un bel marrone intenso... Ma a me piace molto anche nella variante nocciola: un po' più scure, un po' più chiare, ce ne sono cinque.

– Sono in corno vero?

– Sì, mi arrivano dalla Francia. Ma la materia prima viene dal Nordafrica. Dall'Algeria, per la precisione.

– Corna di gazzella?

Aveva riso della mia ingenuità:

– Ma no! Si figuri! Tra l'altro deve essere vietatissimo, cacciare le gazzelle... Più banalmente muflone, o montone. Non sarà "esotico" come la gazzella ma il risultato non è comunque niente male.

Non so perché ma avevo l'impressione di averla già vista da qualche parte: il suo viso non mi era nuovo. Soprattutto non mi era nuova l'espressione che assumeva quando sorrideva.

– Prenderei questa – e gliene avevo indicata una chiarissima, di un sabbia non troppo intenso e screziata di grigio.

– Ottima scelta, denota una certa personalità: in genere, gli oggetti in corno che van di più sono quelli scuri...

– Ma li fa lei i gioielli?

– Diciamo che li assemblo: compero le pietre, le perle, le giade e il corno già lavorati, talvolta qualcosa in osso e in corallo, se mi fanno un buon prezzo, poi li infilo con la seta, oppure le fisso col filo d'argento a segmenti di catenella. Ora sto provando a fare anche degli anelli, sempre col filo d'argento, come questo.

E me ne aveva mostrato uno di grosse dimensioni, con decine di gambi intrecciati a tenere insieme una rosa di perle con al centro una piccola giada.

– Bello! Dove ha imparato?

– Ah, a Milano: lavoravo come commessa da una signora che creava gioielli di lusso su commissione. Ha visto che avevo una certa manualità e mi ha insegnato i segreti del mestiere. Così quando sono tornata finalmente a Genova ho dato fondo a quei quattro soldi che avevo messo da parte per aprire un negozio tutto mio. Intanto la tecnica, per così dire, la conoscevo, bastava metterla in pratica con materiali meno pregiati: perle coltivate anziché quelle orientali, quarzi e tormaline invece che rubini e smeraldi… Devo dire che sta funzionando bene, sono proprio soddisfatta.

Di fronte a tanta affabilità mi ero fatta forza e avevo svelato la vera ragione della mia visita:

– Vede, in tutta sincerità non sono capitata qui per caso: mi ha parlato di lei un suo conoscente, Manlio Capanni, il gallerista…

– Capanni? Oh, è roba vecchia, archiviata: risale alla mia seconda vita… Tanto per dire, adesso sono alla quarta…

– Vorrei parlare con lei proprio di quella: è una storia un po' complessa, ma penso che capirà…

– Facile: tutte le mie vite son piene di storie complicate…

– A me però sembra di averla già vista da qualche parte…

– Sicuramente qui nei dintorni: piazza delle Erbe è il luogo tipico degli aperitivi, della movida… Magari ci siamo incrociate in qualche bar… Io però in questo non posso aiutarla: son poco fisionomista…

Tutto a un tratto avevo focalizzato:

– Dov'è che abita, lei?

– Promontorio, sopra Sampierdarena: era l'unica zona non troppo lontana dal centro con affitti accettabili. Le alternative erano Cornigliano o Bolzaneto.

– Ecco dove l'ho vista: sul mitico 66!

– Niente di più facile, lo prendo ogni giorno…

– Senta, visto che abito lì vicino, le andrebbe di venire una sera a cena? Così le spiego tutto con calma… – mi aveva fissato con aria stupita – La prego! Le assicuro non ho nessuna intenzione di importunarla, ma forse potrebbe aiutarmi a risolvere un problema che coinvolge un amico di famiglia.

– Va bene, mi ha convinto: però sarebbe meglio che venisse lei da me. Non ho la macchina, e dopo una certa ora, mitico quanto si vuole, il 66 non passa più. Facciamo venerdì?

– Perfetto! Venerdì va benissimo!

Ero tanto contenta che in uno lancio di trasporto l'avevo perfino baciata. Poi avevo pagato la spilla, quarantacinque euro spesi proprio bene, che di meglio non si sarebbe potuto.

Sedici

Alle sette e mezza mi ero messa in macchina. Cinque minuti dopo ero alla disperata ricerca di un posteggio a Promontorio, traduzione approssimata di Prementun, nome con cui è conosciuto dai genovesi DOC, ormai rarissimi: le auto erano praticamente ovunque, considerata l'esiguità dei posti disponibili. Alla fine l'avevo sistemata un po' di sbieco, per metà sulle strisce gialle della fermata dell'autobus, confidando: A, sulla scarsa frequenza delle corse serali del 66, B, sull'auspicata latitanza delle forze dell'ordine, a quell'ora scarse in organico e in tutt'altre faccende affaccendate.

Era una serata splendida. In piazzetta, una folta combriccola stava aspettando di entrare all'Osteria dei Cacciatori: cibo ruspante nonché abbondante, e vino buono. L'unica rimasta in loco dopo la chiusura della storica Africa, meta prediletta di noi ragazzi quando facevamo il liceo, per la cena di fine anno. Mi ero incamminata lungo la stradina che porta nel cuore di quel minuscolo centro abitato sorto attorno all'altrettanto minuscola pieve romanica, un tempo dependance della grande abbazia vallombrosana di San Bartolomeo, miseramente perita sotto le bombe di un'incursione aerea alleata nel giugno '44.

Il colpo d'occhio sul porto era tanto bello da togliere il fiato: la seta azzurra del cielo, macchiata da poche pennellate violacee laggiù, a ponente, si sprofondava nel blu intenso del mare facendo risaltare per contrasto le luci della città che costellavano la linea di costa, scurissima, fin quasi al confine con la Francia. Le case, tre piani e non di più, lasciavano intravedere dalle finestre aperte scampoli di vita quotidiana: da un televisore acceso rimbalzavano nel vicolo le note della sigla del tiggì serale, una signora dai capelli candidi, quasi turchini, già scuoteva la tovaglia dal balcone, disseminando il lastricato delle briciole della cena, preda ambita per i passeri, un uomo sulla sessantina, in canottiera, fumava assorto su un terrazzino invaso da gerani ancora nel pieno della loro fioritura.

Avevo finalmente trovato il portone, verde e a un solo battente: sul citofono soltanto tre campanelli, uno dei quali recava una targhetta sbiadita su cui a malapena si intravedeva la scritta Mary Porasso. Un trillo rapido e subito la serratura era scattata: dentro, appena lo spazio per tre cassette della posta e una scala ripida e angusta, con un corrimano di plastica blu, illuminata da una lampadina incassata nel muro che bianco lo era stato, forse, una ventina di anni prima. Dopo tre rampe ero arrivata davanti a una porta socchiusa: avevo bussato timidamente, restando in attesa, indecisa se entrare o meno. Mary era subito sopraggiunta ad accogliermi, vestita di una tunica celeste ricamata allo scollo, di inequivocabile fattura magrebina. La casa era piccola ma arredata con gusto: nell'ingresso alla genovese era già apparecchiato un tavolo tondo, la cui tovaglia bianchissima faceva risaltare ancora di più le pareti tinteggiate di un arancione pallido, e arancioni erano pure le gerbere che facevano capolino da un vasetto sistemato nel centro. Addossato a una parete, un divano ricoperto da un *mezero* dalle dominanti calde, rosse e ocra, su quella di fronte un arco immetteva nella cucina, un altro nella camera da letto che si intuiva dietro la tenda di tulle amaranto scostata per metà.

– Mi hai trovata alla prima? Sistemati pure sul divano: vado a mescolare la zuppa e sono di ritorno in un attimo.

Il fatto che mi avesse dato subito del tu buttava bene: evidentemente ero stata promossa dal rango di rompipalle semplice a quello di rompipalle simpatica. O almeno innocua.

Era rientrata con una bottiglia di bianco, due bicchieri e una ciotola di olive in precario equilibrio fra il polso e le tette, ancora prosperose sotto la garza operata.

– Porasso? – nemmeno la buona creanza era riuscita a trattenermi – Credevo che fossi ucraina...

– Lo sono, lo sono... Anzi, mezza russa e mezza ucraina. In effetti mi chiamo Lobacevski. Irina Lobacevski. Porasso era il nome di mio marito. Ma sono vedova da più di trent'anni.

Ecco una notizia che non mi aspettavo: improvvisamente mi era balenata in testa la possibilità di aver preso un granchio, che lei non fosse chi in realtà credevo, che Capanni mi avesse dato un'informazione sbagliata, o non sufficientemente circostanziata. Avevo bevuto un sorso di vino.

– Coronata?

– Sì. Lo fa il vicino del piano di sotto: ha ancora una vigna da quelle parti.

– In effetti il sapore di zolfo lo rende quasi inconfondibile... Non pensavo che fossi stata sposata... Con un italiano, intendo...

– Vedi? Sei cascata proprio all'inizio della mia seconda vita, la prima di quelle che ho vissuto in Italia – aveva sorriso divertita, segno che non la turbava poi troppo rivangare un passato tanto lontano – anche se Luigi l'ho conosciuto a Mosca, all'inizio degli anni Settanta.

– Caspita! Un italiano a Mosca negli anni Settanta! Non è mica proprio roba da tutti i giorni... Politico? Industriale? Giornalista?

– Portuale... Anzi, per la precisione ex portuale, visto che era già in pensione...

– Portuale?

– Propriamente *camallo*.

Avevo sgranato tanto d'occhi.

– Vedi, ti spiego: Luigi era comunista. Era stato partigiano e poi si era iscritto al Piccì. Aveva fatto solo la seconda media, cioè, come mi aveva spiegato, il secondo anno di avviamento professionale, però era un uomo intelligente, curioso, leggeva un mucchio. A un bel momento gli è venuto in mente di studiare il russo, all'associazione Italia-URSS. E col partito aveva fatto pure qualche viaggio: Mosca, Leningrado, Kiev... Poi era andato in pensione e gli era morta la moglie, di un brutto male. Al seno. Così, per via che con la lingua se la cavicchiava, si era offerto come accompagnatore, a titolo gratuito: la Federazione gli pagava il viaggio e lui si occupava di accudire i gitanti, robe del tipo risolvere eventuali rogne alla dogana, smistarli in albergo, spiegare in cosa consistessero le varie pietanze, gestire l'acquisto di eventuali souvenir... Io all'epoca facevo la guida turistica, perché sono laureata, sai?

– Davvero? In che cosa?

– Storia dell'arte. E, visto che conoscevo l'italiano, mi affidavano sempre i gruppi che venivano dall'Italia. Luigi l'ho conosciuto in questo modo. Nell'estate del 1976. Era affabile, simpatico, un buontempone. Me lo ricordo come fosse ieri: gli avevo chiesto come mai nel vostro paese, dove si era liberi di scegliere, ci fossero tanti comunisti. Lui si era messo a ridere, e mi aveva spigato come stavano le cose, che in Italia era tutto un po' diverso, che non era proprio la stessa concezione di comunismo. Insomma, che il loro era differente da quello cosiddetto "reale".

– Già, il famoso comunismo "immaginario"... Ma tu dovevi essere giovanissima.

– Sì, lo ero: avevo ventitré anni, appena finita la tesi e tanta voglia di andarmene di là. Mettiamoci a tavola, va', che la zuppa deve essere ormai pronta.

Era scomparsa dietro l'arco e aveva fatto ritorno con una pentola fumante, che aveva posato in tavola accanto al vaso con i fiori, su una piastrella con su disegnata la *paloma* di Picasso.

– Zuppa di pesce! L'adoro!

– La faceva spesso Luigi… E in Canneto c'è un pescivendolo eccezionale. Poi è pratica: se scegli bene il pesce, e te lo fai pulire, praticamente si fa da sé. La cosa più difficile da trovare sono le "gallette del marinaio": senza quelle non ne vale proprio la pena…

Aveva versato nella mia fondina, sulle irrinunciabili gallette, un giusto mix di sugo e delle varie delizie che componevano quel piatto succulento, adatto a tutti i palati e a tutte le stagioni: muscoli, vongole, gamberetti, seppioline e calamari, triglie e pesce cappone, tonno e l'irrinunciabile scorfano. Con già l'acquolina in bocca, avevo cominciato a lavorare di cucchiaio.

– Luigi, di anni ne aveva settanta, anche se ben portati. I figli se n'erano andati da un pezzo, uno abitava in riviera, l'altra a Cuneo, e lui soffriva di solitudine: non era un tipo da bar, e di amici gliene erano rimasti pochi, tra l'altro tutti alle prese con nipotini e nipotine. Avrebbe voluto un po' di compagnia, e qualcuno che gli rassettasse la casa, che lo tenesse in ordine: gli lavasse la biancheria, gli stirasse le camicie. Così mi ha proposto di sposarlo, precisando che non era per questioni di letto: tra l'altro era pure stato operato di prostata, e poi era un tipo serio, moralmente tutto d'un pezzo. Guarda, non ci ho pensato nemmeno tanto su: lui si è occupato delle pratiche e tre mesi dopo ero a Genova.

– Tutto sommato mica male, come storia…

– Be', non sono state tutte rose e fiori: i figli ci han fatto una guerra… Avevano paura che gli mangiassi l'appartamento e quei quattro soldi della liquidazione che teneva in banca. Poi si sono rassegnati, davanti al fatto compiuto e dopo aver intestato l'appartamento ai nipoti. Non sono stati brutti anni, sai? D'estate si andava in una pensioncina in montagna, a Champoluc, e siamo tornati tante volte a Mosca, con i "compagni" desiderosi di visitare la patria di Lenin e della rivoluzione. Io qui stavo bene, mi guadagnavo perfino qualcosa con le traduzioni, e facevo qualche corso all'Italia-URSS. Di tanto in tanto andavo anche a vedere qualche mostra: è in questo modo che ho conosciuto Nicola.

– Malinverni?

– Malinverni. A una inaugurazione aveva attaccato bottone con una scusa, poi, fatte quattro parole, mi aveva chiesto se potevo trovargli qualche contatto con la Russia. Probabilmente un'altra scusa. Era chiaro che mi faceva la corte, e devo dire che ero piuttosto lusingata: era un uomo bellissimo, sulla trentina, dei bei riccioli neri, due occhi scurissimi e profondi. Non molto loquace, spesso sembrava chiudersi in se stesso, con un'ombra di tristezza che gli velava lo sguardo: il tipo del bel tenebroso, come si suol dire... Rolex al polso, maglioni in cachemire, jeans di marca, auto di lusso: dava l'impressione di essere piuttosto benestante. Sempre in viaggio, begli alberghi, ristoranti costosi... Insomma aveva tutto quello che si poteva desiderare. Però c'era Luigi, e io non me la sentivo di fagli una parte del genere. E ho tenuto duro, anche se penso che, forse, a Luigi non gliene sarebbe importato, ammesso che lo avessi fatto con discrezione. Quando un annetto dopo è mancato, stroncato dal terzo infarto, mi son trovata bella e sola, con qualche lira da parte e alla ricerca di una casa in affitto. E lo sono andata a cercare.

Aveva tolto di mezzo pentola e piatti, portando in tavola due scodelle di macedonia: fragole, banana e melone, qualche mora per completare.

– Ma che tipo era?

– Mah! Ora, col senno di poi, orribile... Però si faceva una bella vita: sempre in giro, cene, pranzi, anche se perlopiù le cose le si facevano per via del suo mestiere. Per me era proprio un altro mondo: dopo gli anni di Mosca e quelli con Luigi, era come essere atterrata su Marte. Vestiti di marca, gente interessante, poter spendere senza far prima diecimila volte i conti... Però aveva i suoi lati oscuri: ad esempio continuava ad avere rapporti, non ho mai investigato se amichevoli o anche qualcosa di più, con tutte le sue ex: frequentavano casa, venivano a pranzo, ai vernissage. Come se niente fosse. A me dava fastidio, mi sembrava di vivere in un harem, ma lui diceva che andava bene così, che erano amiche, che erano pezzi di vita. E anche a loro sembrava andasse bene, anche se qualcuna era ancora innamorata: si vedeva lontano un miglio. Tutte lo guardavano con occhi languidi, e Nicola se ne beava. Oh, se se ne beava! Ecco: il classico gallo nel pollaio, circondato da pollastre e chiocce, coccolato e vezzeggiato da tutte. E io nel mezzo.

– Era ricco di suo? Dico, perché per metter su quell'attività...

– Abbastanza: da suo padre aveva ereditato un bel gruzzolo, ma va detto che spendeva un casino. Però guadagnava bene, allora... E aveva un socio...

– Amilcare Merello...

Mi aveva fissato stupita: non so se perché ero al corrente di quel particolare oppure in quanto sospettasse che fossi andata a cercare conferme da lei su una storia a me già nota. Per fugare ogni dubbio le avevo spiegato:

– È proprio per Merello che sono venuta a cercarti: i miei sono amici di suo nipote, che si è trovato fra le mani dei Depero probabilmente falsi. Anzi, uno lo è di sicuro. Volevo andare un po' più a fondo...

– Vieni, sistemiamoci sul divano... Ti va un liquore? Ho della vodka e dell'Amaretto di Saronno...

– Amaretto, la vodka è troppo forte per me...

Ero sprofondata fra i cuscini, già pregustando quella passeggiata immaginaria nella Genova fine anni Settanta, maglioncioni sformati e risotto gamberetti e rucola. In alternativa, l'orrida pasta col salmone affumicato. I "classici" della Milano da bere...

– I Depero... Sai già tutto o lo vuoi sapere da me? Perché, sai, è una faccenda abbastanza delicata...

– Grossomodo so già tutto: so che venivano piazzati perlopiù in Svizzera, approfittando di una galleria "amica", la Boross. Che erano portati oltre frontiera da dei pittori del giro di Malinverni. Che li faceva un certo Balbi, un artista piuttosto affermato dalla mano sopraffina...

– Già, Giovanni Balbi... Un genio, a suo modo... Genio e sregolatezza... Infatti è morto giovane, a furia di whisky, erba e tirar mattino. Anche se a fregarlo sono state soprattutto le donne: l'ex moglie, la convivente e l'amante: gli hanno sempre fatto fare quello che volevano, se lo rigiravano come una marionetta. E non l'avresti mica detto, a vederlo, un gigante arruffato con due manone... Sempre in *cagnaro* e camicia a quadrettoni, e delle scarpacce... Metteva quasi paura. Se non proprio paura, almeno soggezione. Ma di fronte a quelle tre diventava un agnello, e metteva mano al portafoglio. Per quel che poteva, visto che la vendita dei quadri, e i contatti in genere, glieli gestiva la sua compagna, la Beba, che mi sa tanto andasse a letto pure con Nicola, tanto per cambiare. Era sempre in bolletta, e con i Depero ramazzava su il necessario per poter tacitare l'ex, sempre a battere cassa con la scusa del figlio. Una situazione balorda: c'è stato un momento che mi è persino venuto da pensare che fossero d'accordo...

– Chi?

– Tutti: Nicola, la Beba, l'amante, l'ex moglie... Compatti come un sol uomo ad accanirsi su quel pollo da spennare. Più che pollo, gallina, direi: una gallina dalle uova d'oro. E alla fine è morto in bolletta...

– Anche lui come Merello...

– Tutti quelli che hanno avuto a che fare con Nicola son finiti in bolletta... Io mi sono salvata per un pelo. Alzando i tacchi. Però è stato grazie a lui che ho conosciuto l'Africa...

– L'Africa?

D'improvviso era come se il muro di fronte a me si fosse sgretolato come d'incanto, aprendo una finestra su spazi immensi di morbide dune dorate, attraversate da una lunga carovana di dromedari lentamente in cammino verso un'oasi dalle palme svettanti contro il cielo cobalto.

Diciassette

– Africa… Marocco, per la precisione. A Nicola avevano detto che a Essauira c'era un bel fermento. Artistico, naturalmente. Ci andavano Jimi Hendrix, Bob Marley, Frank Zappa e, di conseguenza, era diventata la meta privilegiata degli hippies di tutto il mondo. Gli avevano indicato un contatto, e un'estate eravamo partiti: un viaggio che non ti dico! Perché non era mica come ora, che ci si va in aereo…

– In effetti io ho preso l'aereo: low cost Malpensa-Agadir…

– Noi ci siamo andati in macchina: all'epoca aveva una Volvo vagonata…

– Per via dei quadri, ovviamente…

– Ovviamente. Abbiamo attraversato il sud della Spagna con un caldo tropicale: Volvo quanto vuoi ma l'aria condizionata non c'era…

– Non usava, allora…

– Ci siamo imbarcati su un traghetto a Tarifa, vicino a Gibilterra: c'era un mare, ma un mare che ho vomitato anche l'anima… Pensa che si sbatteva tanto che è cascata perfino la specchiera del bar, così, per farti un'idea. Poi da Tangeri siamo scesi giù giù oltre Casablanca: poche soste, tanto per dormire. Alla guida ci davamo il cambio. Su delle strade, poi, che adesso manco più ce l'immaginiamo, come potevano essere. Io stessa, quando ci penso, quando ne parlo, mi sembra una favola, che siamo arrivati sani e salvi, e senza neppure aver forato, considerato che molti tratti di strada non erano neppure asfaltati. All'arrivo, verso sera: un sogno! Sì, un sogno: i bastioni bianchi del castello battuti dalle onde sotto un cielo fiammeggiante al tramonto. E migliaia di gabbiani che volteggiavano fra gli spruzzi di schiuma. Ci eravamo trovati una pensioncina fin carina, almeno per gli standard del posto, nelle viuzze del paese, in alto, verso la rocca, ed eravamo andati a cenare da Sam, un locale molto particolare...

– Lo so, ci sono stata anch'io... Immagino però che tu non ti sia dovuta sorbettare, come me, nugoli di *bauscia* chiassosi e pacchiani intenti a magnificare a volume stratosferico le loro abitudini da piccolo-borghesi appena un po' danarosi...

– No, ai tempi era frequentato soprattutto da artisti, musicisti e qualche riccone alternativo con la barca.

– Delle aragoste fantastiche...

– Già... Ne vuoi ancora un pochino?

Avevo annuito e lei si era alzata a prendere le due bottiglie per riempire di nuovo i bicchieri di entrambe.

– E com'è andata, col vostro "contatto"?

– Niente di che: un francese mingherlino che aveva sposato una del posto sufficientemente ricca da appendere il cappello al chiodo e fingersi un mercante d'arte. Ci ha invitato a cena, rigorosamente all'europea, con tanto di linguine ai frutti di mare, millantando amicizie in mezza Parigi. Secondo Nicola con intenzioni truffaldine...

– Be', facile che ci avesse azzeccato visto che, a quanto ne so, di truffe se ne intendeva. E parecchio...

– In effetti... Ma a quella famosa cena, su un terrazzo che sembrava appeso sul mare, abbiamo conosciuto un altro francese, Norbert, che diceva di essersi trasferito lì con la moglie per via della sua passione, la pesca d'altura. A dire il vero stava al sud, nell'ex

Sahara spagnolo, da poco diventato "territorio occupato" dopo la Marcia Verde...

– 1975, se non ricordo male: una moltitudine di marocchini col Corano in mano ci si sono trasferiti appoggiati dal governo...

– Al terzo Calvados ci aveva invitati ad accompagnarlo. Al quinto avevamo capito che le ragioni che lo avevano spinto lì erano ben altro che la pesca: con tutta probabilità aveva in Francia dei conti in sospeso. Che non intendeva saldare. Comunque fosse stato, due giorni dopo eravamo in cammino verso Tan Tan, l'auto zeppa oltre ogni dire. Prima tappa a Sidi Ifni, poco oltre Agadir, un'altra a Guelmim, alle soglie del deserto, con tanto di mercato dei cammelli: uno spettacolo eccezionale. Poi, finalmente, Tan Tan. Di lì al villaggio di pescatori dove abitava, teoricamente, ci sarebbero stati meno di tre quarti d'ora: erano le sei di sera e avranno fatto 50 gradi. Ma dopo pochi chilometri eravamo entrati in una nebbia fitta, ma tanto da avere paura di uscire fuori strada. Ci abbiamo messo una vita. Quando siamo arrivati, sembrava di essere in Bretagna: le casupole emergevano da un niente di latte fra le grida furiose dei gabbiani e il fragore delle onde.

– L'Atlantico, in fondo, è uguale un po' ovunque, dall'Irlanda al Sud Africa...

– Già. Villa Ocean, però, era deliziosa: una casetta a un piano col cortile sulla spiaggia. Dentro, un arredamento essenziale ma di ottimo gusto: tende di lino, mobilia semplice, vecchiotta, se vogliamo, colorata con tinte pastello, un bancone in mattoni con su una lastra di granito, poltrone e divani in bambù con cuscini in tessuto provenzale. Ci siamo stati una settimana. La moglie, Laurence, era una cuoca provetta, oltre che molto simpatica: passavo con lei le intere giornate, mentre Nicola andava con Norbert a pesca, se il mare era buono, oppure ancora più a sud, a Laayoune, in macchina.

– E cosa ci andavano a fare?

– Norbert aveva degli affari da sbrigare, a quanto pareva…

– Di che tipo?

– Di preciso non so: quando chiedevo a Laurence, lei rimaneva sul vago. Penso loschi… E mi sa che Nicola ci si sia buttato a pesce. Tant'è che al ritorno è riuscito a spillare ad Amilcare i soldi per comperare una barca, che non si è mai mossa da là. Un cabinato di dodici metri. Son partiti tutti e due a metà settembre… Ci siamo ancora tornati per la fine dell'anno: l'abbiamo passato in un posto sul mare vicino a Laayoune: lunghe passeggiate sulla spiaggia e cocktail al Parador, un bell'hotel in un vecchio palazzo spagnolo. Per me è stata l'ultima volta… Del resto l'anno dopo ho portato via le suole e me ne sono andata a Milano, lasciandomi tutto alle spalle e pronta per cominciare la mia terza vita. Che credevo fosse l'ultima, e invece…

Aveva sorriso. Avrei voluto chiederle di più, ma non me l'ero sentita: in fondo per lei era acqua passata, e rinvangare certi ricordi solo per soddisfare la curiosità di una conosciuta tre giorni prima mi pareva andare ben oltre la cortese disponibilità che mi aveva dimostrata. Si erano fatte ancora due chiacchiere, del più e del meno, poi ci eravamo salutate, lei invitandomi a tornare a trovarla, io promettendole di fare presto una capatina in negozio.

Guidando verso casa mi ero ritrovata a pensare quanto mai strana potesse mai essere la vita: parti da Mosca a poco più di vent'anni per sposare uno di mezzo secolo più vecchio e ti ritrovi a solcare l'Atlantico su una barca pagata da Merello. Che probabilmente non ci ha mai messo piede sopra.

Diciotto

L'indomani, bello presto, ero salita al paesello. Mamma era stranamente di buon umore, sia perché il barometro era ancora saldo sul bel tempo, e poteva dedicarsi con agio alle pulizie domestiche, ivi comprese le classiche tre lavatrici del fine settimana, sia per l'aver mio padre desistito dall'intenzione di *andare a per funghi*, vista l'arsura prolungata che ne aveva stroncata sul nascere la crescita. E ciò faceva sì che non ci sarebbero state pedule inzaccherate a mettere a repentaglio i suoi pavimenti lustri, griglie sparse un po' ovunque con su fettine di porcini a seccare, e soprattutto papà fra i fornelli a cuocere manine, galletti e combette da conservare nelle *arbanelle*, impestando tutta la casa d'odore d'aceto.

– Non capisco perché ti ostini a fare le pulizie il sabato, visto che hai tutta la settimana a disposizione…

– Ma che discorsi! Perché van fatte il sabato! Putacaso arrivasse qualcuno, no? Visto che è festa…

– Scusa, i vostri amici son tutti in pensione da mo', quindi per loro come per voi tutti i giorni è festa… Poi, da protocollo, le "visite" sono sempre programmate da giorni, se non da settimane, a quanto mi risulta: alla Melia non passerebbe certo per la testa di farti un'improvvisata, e anche voi non penso che vi presentereste dalla Luisa all'ora di pranzo con un pacchetto di baci di dama chiedendo cosa ha preparato di buono da mangiare…

– Ma guarda che sei ben scema! Io non so mica da dove sei

uscita… Perché io e tuo padre non siamo mica così *abelinati*…

Appena il tempo di salire in camera per mettere due cose a posto e, giusto per contraddirmi, avevano suonato alla porta. Mi ero affacciata dalla finestra a vedere chi fosse: Tagliafico. Non l'avevamo sentito arrivare perché era venuto a piedi. Mia madre, giuliva e certo ansiosa di farmi notare come, una volta di più, avesse avuto ragione, gli aveva aperto, apostrofandomi dalla veranda:

– Nadia! Nadia! Scendi, che c'è il signor Massimiliano!

Ero passata dalla cucina a prendere una bottiglia di bianco e i grissini alla salvia che avevo acquistato dal forno, in paese, prima di arrivare. Nel frattempo mamma aveva già approntato i bicchieri sul tavolino in giardino.

– Ciao, Massimiliano, tutto bene? Ma', papà dov'è?

– E lo sai tu? Mi ha detto che passava da Pino a chiedergli un arnese, ma sarà un'ora fa…

– Tutto bene. Be', insomma… Son cominciate le scuole ed Elisa ci fa disperare: dice che non ne può già più, ad andare su e giù col treno…

– Forse era meglio che si fosse fatta trasferire al liceo di Ovada…

– Non c'è stato verso: a Genova ha il suo giro… E a quell'età… L'hai poi sentito il tuo amico? Per il Depero…

– Guarda, ti avrei chiamato tra poco… L'ho incontrato in settimana per fargli un quadro della situazione: però dovrebbe vederlo. Mi ha detto che questo weekend è libero, poi lunedì va a Mantova: ci sta una decina di giorni per allestire una mostra. Se credi gli diamo una telefonata, così organizziamo per oggi o domani, se non avete altri impegni…

– Oggi sarebbe l'ideale: intanto dobbiamo portare a Genova l'Elisa, che stasera vede i compagni per una pizza, non facciamo che proseguire, magari dopo ci fermiamo a mangiare qualcosa da

Tassara, e l'andiamo a recuperare verso le undici a Sampierdarena.

Come previsto, a Malvezzi andava più che bene, anche perché sicuramente sperava, se il Depero fosse mai stato autentico, di ricavarci una lauta percentuale sulla vendita. Alle cinque eravamo in macchina, tutti stipati sulla Panda giallina, tre quarti d'ora più tardi depositavamo Elisa davanti alla Fiumara, visto che ormai i ragazzi si danno appuntamento ai centri commerciali anziché, come ai miei tempi, a De Ferrari o ai parchi di Nervi, a seconda della stagione, e alle sei e mezza eravamo dai Tassara, anticipando di solo qualche minuto Riccardo, giunto a bordo di un vecchio maggiolone verde restaurato che era un bijou. Esaurite le presentazioni di rito ci eravamo diretti verso il rustico dei Merello, in fila indiana sulla mattonata con alla testa Maggiorino. Buon ultimo scalpicciava Biagio, tutto dedito a leccare il cornetto cioccolato-vaniglia, naturalmente Sanson, che la mamma gli aveva preso in trattoria, nella speranza di farlo star buono per qualche decina di minuti.

Lasciati madre e figlio a giocare in giardino, ci eravamo subito diretti al piano di sopra, tutti meno Tassara, che si era avventurato in cantina a prendere i quadri superstiti.

– Va' che quella roba è brutta bene! – aveva mormorato Malvezzi alla vista dei quadri appesi nel salone – son giusti giusti per farci un bel falò a san Giovanni...

Appena arrivati in camera, però, si era illuminato in viso: aveva staccato con attenzione il Depero dalla parete e si era messo a osservarlo in silenzio vicino al balcone, ancora rischiarato dagli ultimi raggi del sole ormai prossimo a nascondersi nella folta boscaglia del monte di Portofino. Frattanto era entrato anche Tassara con i due quadri superstiti, ancora belli impacchettati come se fossero delle reliquie, invece che dei falsi da quattro soldi. Riccardo li aveva sfasciati con cura per appoggiarli poi su un tavolinetto che avevamo sistemato bene in luce, nei pressi della finestra. Se li era rigirati più volte fra le mani osservandoli meticolosamente. Poi aveva preso quello che prima era appeso sul letto, lo aveva scrutato a lungo nei minimi dettagli, infine lo aveva posato vicino ai suoi fratellini, o per meglio dire fratellastri, se l'ipotesi che avevamo formulato era corretta. Tagliafico friggeva oltre non dire, impaziente di ascoltare il verdetto.

– Allora?

– Allora, questi sono inequivocabilmente falsi: si nota dal colore, anche senza scomodare gli esperti di Sotheby. Benché, ovviamente, la perizia di un pool di specialisti, con tanto di risultati delle analisi alla mano, è indispensabile per avere un referto qualificato. Ufficialmente riconosciuto, voglio dire...

– Come dal colore?

– Guardi, bisogna averne visto proprio tanti, come me, per poterlo affermare quasi con certezza assoluta. Venga qui: guardi i rossi e gli arancio... Vede, in questi due sono ancora intensi, nell'altro appaiono invece più sbiaditi...

Massimiliano fissava i dipinti con aria poco convinta.

– È per via del pigmento: qui ne è stato utilizzato uno a base di solfuro di antimonio, in uso fino agli inizi del XX secolo, e poi abbandonato per via che chimicamente è poco stabile, e tende ad attenuarsi nel corso del tempo. Abbandonato a vantaggio di altri a base di cadmio, più resistenti alla luce e agli agenti atmosferici. Che poi sono quelli utilizzati negli altri due, falsificati, se la mia intuizione è giusta, negli anni Settanta.

A parte il fatto che l'intuizione era stata, per gran parte, la mia, il Malvezzi ci aveva fatto la sua porca figura. Tagliafico lo fissava con lo sguardo vuoto: probabilmente in tutto quel tourbillon di agenti chimici snocciolati con nonchalance dal mio nuovo amico non ci aveva capito un'emerita fava.

– Comunque si consoli: questo è autentico, e vale un bel po' di quattrini. Se mi dà un po' di tempo glielo piazzo bene, senza passare da una casa d'aste. Intanto devo verificare se è già pubblicato... Cioè se è un quadro già noto: in questo caso sarebbe tutto più semplice. Nel senso che, una volta verificata la provenienza, il resto sarebbe un gioco da ragazzi... Ne conosco almeno un paio, di possibili compratori che vorrebbero rimpinguare la loro collezione.

– E se non lo è?

– Nessun problema: basta interpellare un paio di miei colleghi e si stila il certificato di autenticità.

– Ma è sicuro che gli altri due sono falsi?

– Sicurissimo. Anzi, le consiglierei di distruggerli: finché sono in giro un minimo di rischio c'è. Chessò, magari qualche malintenzionato che fosse a conoscenza della passata attività del suo prozio si potrebbe intrufolare in casa sperando di trovare qualche pezzo decente nella sua collezione: se li mette sul mercato la memoria del defunto rischierebbe di essere infangata. E la vendita del Depero originale diventerebbe più complessa. Già è andata di lusso che non si è ancora saputo in giro di quello di Zurigo... E probabilmente non lo si saprà mai: da quelle parti la privacy vien prima di ogni cosa.

– Come ben dimostrano le numerose operazioni di riciclaggio di denaro "sporco"... – avevo chiosato.

Evidentemente non del tutto convinto dalle parole di Riccardo, o forse per una sorta di rispetto nei confronti della stanza del morto, per non lasciarla sguarnita, Tassara, zitto zitto, aveva preso uno dei due falsi e l'aveva appeso al posto di quello che Malvezzi andava avviluppando nella carta da pacchi che prima proteggeva le due patacche. Non c'era verso: dritto non ci stava in nessuna maniera...

– Ma è mai possibile?

Riccardo aveva tirato su gli occhi:

– Il telaio dev'essere sbilanciato...

Testardo, ci aveva provato con l'altro. Niente da fare: pendeva anche quello da una parte.

– Me lo dia un po'...

Maggiorino glielo aveva passato.

– Strano... Le ha mica delle pinze? O un tronchese?

Era filato rapido di sotto, e poco dopo era tornato con la cassetta degli attrezzi, mentre Malvezzi studiava perplesso la tela. In ginocchio per terra, impugnato con competenza il tronchese aveva estratto delicatamente, uno dopo l'altro una parte di chiodi che fissavano la tela, con tutti noi, attorno, a scrutarlo dall'alto con un misto di stupore e di curiosità. Finalmente scoperto, un lato esterno del telaio rivelava tre incavi che lo percorrevano per quasi tutta la sua lunghezza.

– E questi cosa sono?

– Ma, soprattutto, a che servono?

Riccardo mi aveva fissato stupefatto:

– Non ne ho la più pallida idea... Non capisco: un quadro quasi perfetto... Perché c'è questa anomalia nel telaio? Fammi un po' vedere l'altro...

Stessa operazione, stesso risultato: anche quello presentava delle analoghe scanalature, lunghe circa quattro centimetri, larghe sui cinque millimetri e profonde altrettanto.

– È evidente che una qualche funzione ce la dovevano avere...

– Non è detto, Nadia... È possibile che non ne avessero nessuna. Che fossero già presenti sulle liste di legno utilizzate per comporre il telaio: si tratta di materiale che doveva esser vecchio già allora... Per forza: non potevano certo usarne di nuovo, altrimenti mica sarebbero riusciti a spacciarle per opere di oltre quarant'anni prima. Sarà roba di recupero, che magari già presentava quei solchi, del resto sapientemente occultati dalla tela. A ogni modo è inutile fasciarsi la testa per una cosa simile, elucubrarci sopra: intanto vanno tolti di mezzo, distrutti… Cosa importa se hanno dei buchi o meno. E quale origine potessero avere.

Si era alzato e aveva teso la mano a Massimiliano:

– Signor Tagliafico, è stato un piacere! Il Depero lo prendo io: lunedì, prima di partire, lo porterò in Sovrintendenza per metterlo in cassaforte, dove starà al sicuro fintanto che non troveremo un acquirente. Vuole che le faccia un foglio dove si attesti che me l'ha affidato?

– Si figuri! Mi fido ciecamente…

Aveva frugato nel portafoglio da cui aveva estratto un biglietto da visita:

– Qui ci sono i miei recapiti: se me ne favorisce uno dei suoi, domani le invierò una mail con il facsimile del documento in cui dovrà dichiarare la proprietà del quadro e la sua provenienza, delegandomi a effettuare l'expertise e assumere il ruolo di mediatore per la vendita. La percentuale che mi dovrà riconoscere è stabilita per legge.

Poi se n'era andato in tutta fretta, adducendo la scusa di una fidanzata rognosa già infastidita per la sua prossima e prolungata assenza. Noi eravamo andati a cenare da Tassara: frittelle di baccalà, lattughe ripiene in brodo e stoccafisso alla ligure. E neppure quella volta c'era stato verso pagare.

Diciannove

Non avevo chiuso occhio praticamente per tutta la notte. Era per via di quegli stra-che-fottutissimi buchi. Mi domandavo e ridomandavo a che cosa potessero mai servire. Ovviamente se servivano a qualcosa, perché, nella speranza di prendere sonno, di tanto in tanto riuscivo pure a convincermi che non servissero proprio a niente, che c'erano già prima, nei listelli *d'antan* usati per montare i telai. In fondo delle scanalature simili le avevano pure le antine del vecchio comò tarlato di mia zia, che mio padre aveva fatto a pezzi per bruciare nella stufa: funzionavano da incastro, tutto lì… Alla fine mi ero addormentata che albeggiava, e mi ero alzata tardissimo, offrendo a mamma il destro di ammannirmi la ramanzina di rito, quella domenicale preprandiale.

Dopo pranzo non avevo resistito: scartata immediatamente l'ipotesi di andare da Carla, che intanto aveva il cuore nelle rose e la testa nelle nuvole per via dello spalmatore di *wasabi*, e accantonata pure quella di parlarne con Prini, in ragione del suo lavoro certamente poco propenso a immischiarsi in un affare illecito quale a buon diritto va considerato un commercio di quadri falsi, avevo chiamato Vanzini.

– Thomas? Sono Nadia Morbelli…

– Sì, quella arrestata dalla *polizei*… come va? Qualche novità?

– In verità ero io a volerlo chiedere a lei…

– Magari potremmo parlarne di persona: stiamo tornando da

Firenze, per via di una mostra, e Rudolf vorrebbe fare tappa a Genova. L'ultima volta che c'è stato risale a una quindicina di anni fa, e nel frattempo la città è molto cambiata…

– Oh che bello! Dove ci vediamo?

– Me lo dica lei: noi alloggiamo in un Best Western praticamente di fronte al Porto Antico.

– Allora facciamo sotto il Bigo.

– E che cos'è, il Bigo?

– Chiedete in albergo e ve lo indicheranno di sicuro. È lì a due passi… Per le otto?

– Per le otto. A dopo.

Avevo ciondolato in giardino per tutto il pomeriggio, irrequieta come un gatto. Per le quattro aveva telefonato Valerio, bello contento perché l'avrebbero lasciato tornare per la fine dell'anno. Io contenta lo ero un po' meno, già presagendo le consuete diatribe familiari su come e dove passare le feste, ammorbate dalla presenza nefasta della Silvana, col suo *presumin* del *belino*. Nel frattempo avremmo potuto organizzare un weekend lungo tipo a Parigi, o a Berlino, magari a Londra, visto gli esigui costi dei voli Ryanair. Pare che mi avesse pure comperato, in largo anticipo, il regalo di Natale.

Alle sette meno un quarto ero salita in macchina, pregando tutti i santi e le madonne di non trovare troppa coda da Voltri in poi. Ce l'avevo fatta per un pelo: dieci alle otto posteggiavo nel silos sotterraneo di Calata Salumi, riemergendo nella luce rosata del tramonto in un via vai di famigliole cingalesi, senegalesi, equadoriane e di svariate altre nazionalità o etnie, tutte accomunate dall'esigenza di trascorrere la domenica in un luogo piacevole a costo zero e, soprattutto, facilmente raggiungibile in autobus.

Thomas e Rudolf erano già là, sotto il Bigo, a fissare col naso all'insù l'assurda inutilità di quell'ingombrante ascensore panoramico.

– A dire il vero la vista è migliore dalla Spianata di Castelletto: anche là ci si arriva in ascensore, salvo che costa molto meno, ed è pure magnificato nelle poesie di Caproni. Tra l'altro è a soli cinque minuti da qui…

– Ciao Nadia!

Avevo baciato entrambi.

– Che dite, prima aperitivo o direttamente la cena?

– Entrambi contestualmente è possibile?

– Certamente! Nel qual caso scartiamo l'ipotesi di vico Palla, che peraltro è decisamente più rumoroso, e andiamo nella trattoria al Mandraccio, piccolina ma con un barman dalle grandi potenzialità.

Per fortuna c'era ancora un tavolino all'aperto, sul molo. Avevano ordinato due Daiquiri, io ero rimasta salda su un prosecchino.

– Cosa avete visto di bello?

– Oggi Palazzo Rosso e Palazzo Bianco. Domani Thomas voleva andare al Ducale a vedere una mostra: Egon Schiele.

– Speriamo sia aperto. Di lunedì, si sa…

– Male che vada ci facciamo un giro nel centro storico. Oppure dove diceva lei, al castello.

– No, non è un castello: Spianata di Castelletto. Prendete l'ascensore al Portello.

– Non si preoccupi: chiediamo alla reception.

– Vi consiglio il tonno col sesamo. Magari prima un'insalata di mare…

– Oggi abbiamo pranzato tardi, meglio un piatto unico…

– Allora una bella grigliata: non ve ne pentirete.

Fatte le ordinazioni, avevo abbordato l'argomento:

– Ho consigliato il mio vicino di far periziare i quadri. I Depero…

– Falsi anche quelli?

– Due sì, uno invece sembra essere autentico.

– Buono: ci farà su dei bei soldi...

– Sono quelli falsi che mi danno da pensare...

– In che senso?

– Nel senso che Riccardo Malvezzi, uno storico dell'arte specializzato in futurismo e dintorni, quello che è venuto a vederli, ha riscontrato un'anomalia nei telai.

– Che tipo di anomalia?

– Su un lato, lungo il bordo, nella parte coperta dalla tela, ci sono delle strane scanalature. Nell'uno come nell'altro. Non riusciamo a capirne la ragione... la funzione... Mi chiedevo se ci fossero anche in quello che Merello ha portato a Boross.

– Non saprei. Su, è tutto fermo: il notaio è sempre alla ricerca degli eredi. Io sono riuscito a malapena a ottenere che svincolasse le opere affidategli da due pittori e cinque collezionisti. Anzi, quattro, visto che in un caso non si è trovato da nessuna parte l'attestato di cessione: un gran casino...

– Ma è riuscito a tornare alla galleria?

– Sì, un pomeriggio, assieme all'assistente del notaio e a due gendarmi.

– E il Depero c'era?

– Nemmeno l'ombra! – la mazzancolla con cui stavo armeggiando da cinque minuti mi era andata di traverso – L'avranno probabilmente tenuto, anzi, distrutto, quelli di Sotheby. Magari fra le carte di Ulrich prima o poi verrà fuori la notifica ufficiale. È d'obbligo. Non credo che però siano state effettuate delle indagini sulla provenienza: penso che avrebbero dovuto comunicarglielo. E lui me l'avrebbe sicuramente detto.

– In merito alla provenienza qualcosa sono venuta a sapere io: voci, naturalmente, ma piuttosto bene informate. Insomma, come direbbe un mio amico poliziotto, neanche lo straccio di una prova.

Tuttavia una serie di riscontri incrociati deporrebbero a favore della loro attendibilità.

Entrambi mi avevano guardato con tanto d'occhi.

– Da quello che sono venuta a sapere sarebbero opera di tal Giovanni Balbi...

– Balbi? Ma era un concettuale. Bravo, peraltro...

– Infatti, ma aveva anche una convivente, un'ex moglie e un'amante che gli mangiavano frutto e capitale. E in questo modo arrotondava. Mi hanno pure dato da intendere che Boross e sua moglie, ossia i genitori di Ulrich, a propria volta falsificassero i Vasarely, avviando un florido scambio di "patacche" d'autore lungo l'asse Genova-Zurigo grazie a dei "corrieri" ignari: gli artisti della Specola che facevano su e giù ben felici di portare i loro quadri al più noto gallerista della Svizzera tedesca.

– Che storia pazzesca! Ma neppure io son rimasto con le mani in mano, creda! Solleticato dalla sua simpatica invadenza ho chiesto in giro e mi è stato confermato che effettivamente Lázló e Klara Boross hanno trattato dei Depero, fra la fine degli anni Settanta e gli inizi degli anni Ottanta. Non ufficialmente, però, non per il tramite della galleria: come *courtiers*, come mediatori. I quadri non erano commercializzati in Svizzera: ci pensava Gunnar Svennson, un noto gallerista norvegese che all'epoca viveva in Olanda, dove aveva aperto l'ennesimo spazio espositivo. Tutto però, a quanto mi han detto, alla luce del sole: i dipinti passavano alla frontiera con tanto di certificato d'autenticità, versando il dovuto alle autorità doganali.

– E come è possibile che l'abbiano passata liscia? Che nessuno se ne sia accorto?

– Be', una volta dichiarati autentici... Visto le somme che avranno dovuto sborsare... Nessuno si sognerebbe mai di pagare un occhio della testa per esportare delle robe taroccate, le pare?

– Ma che senso avrebbe? Perché non farlo anche in Italia, allora?

– Be', per l'Italia è diverso: si sarebbe trattato di alienazione del patrimonio artistico nazionale. Specie se non era dichiarata la provenienza. Inoltre in quelle quantità. Ci sarebbe stato di sicuro qualcuno che avrebbe cercato di approfondire, magari scoprendo di avere a che fare con delle falsificazioni.

– E che fine hanno fatto, poi?

– I falsi? Non saprei proprio… È probabile che chi li ha comperati allora non li abbia poi rivenduti, almeno non utilizzando il canale più ovvio, e sicuro: una casa d'aste. In quel caso la truffa, nove su dieci, sarebbe venuta a galla. Ed è altrettanto probabile che Svennson li abbia immessi sul mercato col contagocce: un'impennata nella circolazione di quadri dello stesso autore inevitabilmente avrebbe insospettito gli operatori del settore. A ogni buon conto, così si spiega la grande quantità di denari che, d'un tratto, i Boross si sono trovati ad avere a disposizione proprio in quegli anni: hanno acquistato i locali della galleria, e in una posizione centralissima. Si son fatti una bella villetta in riva al lago, e sulla *côte d'or*, la zona residenziale più in voga fra la gente "bene" di Zurigo. Hanno mandato il figlio in una delle scuole private di maggior prestigio…

– E questo Svennson? È ancora vivo?

– Lo è sì: sarà sulla settantina. Passa per un tipo molto "originale": si favoleggia che abiti in una specie di castello vicino ad Amsterdam, con tanto di piscina olimpionica nel seminterrato e quattro pitoni che girano per casa. E, nonostante l'età, amanti a non finire, di ambo i sessi.

– Attualmente i pitoni sono molto in voga anche da noi… per non parlare delle pitonesse… Lo si potrà contattare?

– Io, se fossi in lei, eviterei. A parte che non ci riuscirebbe: ha un esercito di segretarie a fargli da "filtro". E pure un paio di guardie del corpo…

Aveva ridacchiato, divertito della mia cocciutaggine. Eravamo riusciti a stento a terminare quella grigliata faraonica raccontandoci le nostre reciproche vite, poi, dopo un tot di giri di porto, li avevo accompagnati in hotel e me ne ero tornata a casa, rimuginando su quante persone bizzarre esistono al mondo, sulle vicende in apparenza assurde di cui sono al centro, e su quanto sarebbe opportuno che qualche volenteroso si prendesse la briga di raccontarle.

Venti

Finito! Incredibile: l'avevo finito! Chiuso! Archiviato! Ero arrivata all'ultima riga dell'ultima pagina di quel maledetto manuale, che ora potevo finalmente cancellare dal mio orizzonte mentale, e fisico. Soprattutto fisico. Almeno fino a quando non mi sarebbe tornato sulla scrivania in forma di seconde bozze. Speravo il più tardi possibile. Con una certa fondatezza: sapevo bene che la Fasce, carogna cronica e matricolata, tanto era solerte a rompere le balle altrui a cadenza giornaliera per sollecitare l'avanzamento dei lavori, altrettanto era lenta a correggere tutte le scempiaggini che scriveva: un prodigioso incrocio fra il bradipo e la lumaca. *Bousa*, naturalmente: esserino a cui contendeva il primato del viscidume.

Bene: in attesa della prossima mappazza da editare, occupata solo nella "normale amministrazione", potevo dedicarmi con un certo agio alle mie indagini. Avevo iniziato subito, nella pausa pranzo, col telefonare a Malvezzi:

– Oh, Nadia, che piacere! Sono arrivato a Mantova da poco: sai, prima ho portato al sicuro il Depero. Tranquillizza pure il tuo amico.

– Non preoccuparti: con te sa di essere in una botte di ferro!

– Sai, la collega della Sovrintendenza è gasatissima: pare non sia nemmeno censito. Pensano di organizzare anche un piccolo evento. Intanto io inizio a riflettere a chi poterlo proporre.

Mi erano venuti i vermi: con tutto quel casino che c'era sotto ci mancavano solo i festeggiamenti ufficiali... Così chi fosse mai stato invischiato nella faccenda dei falsi avrebbe avuto modo di eclissarsi in tutto agio.

– A dir la verità ti avrei chiamato per un'altra cosa, sempre attinente al nostro quadro. Anzi, meglio, ai suoi "fratellini" falsi: parrebbe che la Svizzera fosse stata solo una tappa da cui transitavano diretti in Olanda. Mi chiedevo, e ti chiedevo: sai mica se nel periodo incriminato, fine anni Settanta, ci sia stato un incremento della circolazione di Depero sul mercato internazionale?

– Mah... Così, a occhio e croce non direi... Guarda, oggi vedo il mio collega, l'altro curatore della mostra, un grande intenditore di futurismo: chiedo anche a lui. Se in questi anni fosse saltato fuori qualche dipinto non censito di troppo lo saprebbe di sicuro, visto che è sulla breccia da decenni.

– Sì, però non stare a tirare fuori la storia dei falsi: meno si sa in giro e meglio è...

– Non ti preoccupare: bocca cucita! Stasera, in albergo, do pure un'occhiata in rete. Anche se qualche pezzo acquistato allora fosse stato messo in vendita in tempi recenti la *bugna* sarebbe di sicuro venuta fuori... Ti richiamo domani. Salutami Tagliafico.

Una *gira* in rete me l'ero fatta anch'io. Obiettivo: Gunnar Svennson. C'era un mare di roba, perfino svariate immagini dalla giovinezza alla tarda età: niente da eccepire, proprio un gran figo. Perfino da vecchio. Biondo biondissimo quasi albino, un po' tipo Rutger Hauer, e un fisico da atleta: non c'era da stupirsi che avesse quella vagonata di amanti, rigorosamente di ambo i sessi, di cui mi aveva parlato Vanzini. In una foto era ritratto mentre si immergeva nudo in un laghetto innevato dopo aver rotto la crosta di ghiaccio che ne ricopriva la superficie. Per il resto tutto quasi normale: ricco sfondato, gallerista di grido, il famoso castello, più un loft spaziale a Londra. Trattava artisti altrettanto spaziali:

Haring, Basquiat, Pollock, ovviamente Vasarely. Perfino Klee e Mondrian. Ma di Depero nemmeno l'ombra. Il salto di qualità, stando a quanto leggevo, l'aveva fatto, manco a dirlo, alla fine degli anni Settanta, quando aveva aperto lo spazio espositivo ad Amsterdam. Tutto lì.

Verso le quattro, mentre stavo riordinando il materiale fotografico che sarebbe andato a comporre un saggetto dedicato all'architettura a Genova nel periodo fascista, con Gian Paolo che mi girava attorno come un'anima in pena sacramentando per certi articoli che tardavano ad arrivare, mi era passato per la testa che forse avrei dovuto conoscere Malinverni. Mezz'ora dopo avevo deciso che era imprescindibile. Alle cinque avevo chiamato Capanni, per farmi dire dov'era di preciso che stava quel farabutto: località Frassineto, in Val Tidone, sopra Piacenza. Un nanosecondo dopo avevo telefonato anche a Prini:

– Ciao Franco! Non è che per caso uno di questi giorni riesci a liberarti presto, sul lavoro?

– Mmmhhh… sì… forse dopodomani… perché?

– Ti andrebbe di fare un salto in Val Tidone? C'è un'azienda che produce un vino interessante: l'Ortrugo. È un vitigno tradizionale, piuttosto antico… Mi piacerebbe provarlo… Magari, se ci soddisfa, ne comperiamo un po'…

– Non dev'essere tanto distante… Passo a prenderti per le cinque?

Il mio piano mefistofelico aveva funzionato: c'era cascato come una pera cotta.

– Alle cinque va benone. Alla Nunziata.

Alle sei meno venti me n'ero già pentita. Ma ormai ero in ballo.

Il mercoledì avevo adottato una tenuta sciccosa: tailleurino nero con sottogiacca violetto. Tacco dodici.

– Ma non si andava in campagna?

– Stamattina avevo un appuntamento di lavoro... – bugia – D'altra parte anche tu sei conciato come un pinguino! Però la camicia lilla ti dona...

In macchina, durante il viaggio, avevo abbordato l'argomento. Prendendolo *moooolto* alla larga.

– L'altra sera ho visto il critico di Zurigo, sai: Vanzini... Era di passaggio a Genova con il suo compagno. Sapessi che storia, la sua!

– Ah sì?

– Pensa che è originario di un paesino sulle alture di Lugano: da ragazzino, sui sedici anni, una sera si doveva vedere di nascosto con un suo amico. Di nascosto perché non si sapesse in giro che erano gay... Si erano dati appuntamento in una vigna. Quando è arrivato, subito non ha visto nessuno, poi si è accorto che due filari più sotto c'era un uomo: non ha fatto a tempo neppure a realizzare e subito sono sbucati fuori poliziotti da ogni parte. L'uomo è scappato, lui l'hanno preso.

– Perché era gay?

– Ma no! Perché il tizio che se l'era data a gambe era un trafficante di droga. Marijuana. Lo tenevano d'occhio da un pezzo. Thomas l'hanno portato al commissariato credendo che fosse un suo complice. E hanno chiamato suo padre, essendo minorenne. A quel punto è stato costretto ad ammettere la vera ragione per cui si trovava là. I suoi l'hanno cacciato di casa... Certo che voi celerini non siete mica furbi, eh?

Aveva abbozzato.

– Mi sembra che poi se la sia cavata, nonostante tutto...

– Nonostante tutto... È andato in Olanda e si è messo con un tale. Pensa che gli ha pagato gli studi, università compresa! Quando è finita si è trasferito a Zurigo, e ha trovato Rudolf.

– Tutto è bene quel che finisce bene.

Avevamo appena imboccato la Val Tidone.

– A proposito di Olanda, e di Zurigo: da queste parti abita Nicola Malinverni…

– Cosa c'entra l'Olanda?

– I Depero falsi che Malinverni faceva fare a Balbi… ah, tra l'altro Balbi è morto da un pezzo, non è più il caso che ti scomodi a prendere informazioni. Dicevo: i Depero falsi venivano sì mandati a Zurigo, ma da lì partivano subito per l'Olanda. Ecco che c'entra l'Olanda.

– A parte che non avevo la minima intenzione di fare nessuna ricerca su Balbi, cosa ti viene mai in mente di rimenestrare in una roba di più di trent'anni fa? Morta e sepolta?

– Be', di morti e sepolti intanto ce ne sono due. Che come ci siano finiti, sottoterra, non è mica del tutto chiaro…

– Senti, lasciamo perdere: andiamo ad assaggiare 'sto Ortrugo.

– Prima farei un salto da Malinverni…

– Ma sei matta? Ora capisco: mi hai intortato proprio per bene… Ecco perché ti sei messa tutta in ghingheri… Di tanto in tanto ti rendi conto del mestiere che faccio? Se proprio volevi andarci, non potevi farlo da sola?

– In due è più verosimile: siamo una coppia desiderosa di festeggiare il nostro anniversario di matrimonio acquistando un Depero. Me lo avevi promesso da un pezzo… In fin dei conti il Fontana appeso in salotto ce l'hai tu, mica io! E poi con questo macchinone è più facile fargli credere che siamo ricchi…

– A parte che non abbiamo neanche la fede…

– Particolare ininfluente: non tutti la portano… Ma, se credi, potremmo dire che siamo solo amanti…

– Cosa pensi di cavarne?

– Non ne ho la più pallida idea.

– Comunque, non se ne parla nemmeno!

Un quarto d'ora dopo eravamo davanti alla cascina di Malinverni, addossata a una collina fitta di un boschetto di noccioli: un bel rustico con le pietre a vista e un giardino pieno d'ortensie. Il cancello era aperto. Avevo suonato il campanello: ci era venuta ad aprire una bella signora bionda, con la coda di cavallo. Truccatissima.

– Buon giorno. Vorremmo parlare col signor Nicola Malinverni. Mio marito è un collezionista…

– Venite pure, lo chiamo!

Ci aveva fatto accomodare in salotto: divano e poltrone a fiorami chiari, diversi tappeti per terra, kilim di probabili origini marocchine, visti i trascorsi. Alle pareti delle croste orribili, probabilmente frutto dell'attività artistica della bella cecoslovacca. Passati pochi minuti era comparso: calzoni neri e maglione grigio, dei bei riccioli sale e pepe a incorniciare il volto abbronzato e percorso da rughe sottili, più calcate attorno agli occhi.

– Eccomi! Piacere, Nicola.

A Prini aveva stretto la mano, a me l'aveva baciata: un tocco lieve, a fil di labbra.

– Mi ha detto Marika che siete dei collezionisti. Come mi avete trovato?

Ecco una domanda a cui non ero preparata. Nel range di possibili risposte che mi erano balenate in testa avevo scelto d'istinto la meno compromettente:

– Riccardo Malvezzi… – era tanto giovane che di certo non lo conosceva – è stato Riccardo Malvezzi, un amico dei tempi dell'università, a indirizzarmi da lei: è un apprezzato esperto della scuola futurista. Mio marito, qui, vorrebbe regalarmi un Depero per il nostro anniversario. Sa, non è il suo genere: preferisce di gran lunga i Fontana. O gli Alviani.

Gli si erano illuminati gli occhi. Esattamente come a Capanni qualche settimana prima.

– Riccardo mi ha detto di averne visto uno sul sito di una

galleria svizzera, ha fatto qualche ricerca constatando che molti anni fa collaboravate... Dal momento che abbiamo telefonato più e più volte senza trovare nessuno, si pensava che lei... Vero, amore?

Prini aveva il *belino* per traverso, ma cercava di non darlo troppo a vedere.

– ...magari riuscisse a contattarlo altrimenti. Sa, quando mia moglie si incaponisce...

– So bene: tutte uguali, le donne!

– Le assicuro che trovarne una come la mia non è facile...

– Purtroppo non potrò esservi di grande aiuto: io avevo contatti con il padre dell'attuale proprietario. Quando l'ha ereditata ero ormai fuori dal giro. Da quel giro, almeno. Però ricordo che ne possedeva uno, anche discreto, il mio ex socio. L'aveva acquistato per una somma modesta prima che io lo conoscessi, non so da chi. Però è morto anche lui, da poco. Bisognerebbe rintracciare gli eredi, anche se non sarà un gioco da ragazzi: di figli non ne avevano né lui né la sorella. Sempre ammesso che non l'abbia venduto nel frattempo: non ne ho proprio idea, sapete, saranno stati anni che non lo vedevo. Almeno cinque o sei: da quando ci siamo trasferiti qui faccio vita ritirata... Però, se predilige l'arte contemporanea, avrei un Bannard da proporle, e a un prezzo davvero niente male.

Prini aveva declinato l'offerta con garbo, adducendo la priorità assoluta da riservare al Depero, in considerazione della ricorrenza imminente, ma aggiungendo che sicuramente l'avrebbe tenuta presente per il futuro. Ci eravamo poi congedati in tutta fretta.

– Che ne dici?

– Che è un po' tardi per passare a prendere il vino.

– Intendevo dell'incontro.

– Mi pare che non se ne sia ricavato niente.

– Proprio niente, no... Intanto ha fatto finta di essere all'oscuro della morte di Ulrich.

– Può darsi che davvero non ne fosse a conoscenza…

– Figurati! Tutti i siti legati all'arte contemporanea ne hanno parlato per due settimane! Impossibile che non lo sapesse! Poi ha detto che non vedeva Merello, di cui, ti faccio notare, non ha pronunciato nemmeno il nome, da un sacco d'anni, quando sappiamo da Tassara che ci andava con una certa frequenza a battere cassa…

– Ebbè? Che vuol dire?

– Che è stato reticente… Tra l'altro, hai visto che bel noccioleto c'era dietro casa?

– Andiamo a casa, va', che ho giusto un astice nel congelatore.

– Eh, sì: davvero un bel noccioleto…

Ventuno

L'indomani, dopo l'ufficio, mi ero diretta da Mary. Né decisa, né con passo sicuro, però. Me l'ero presa comoda: avevo imboccato in discesa via Lomellini curiosando tra i negozi che esibivano ancora i saldi estivi, quasi sperando di trovarci a buon mercato anche il tassello mancante del puzzle che avevo sparso nel cervello. Invece le vetrine, ricolme di abitini scollati e sandali infradito, non facevano che riflettere la mia immagine: una nuvola scompigliata di capelli rossi su due occhiaie degne di Nosferatu, segno inequivocabile di una notte passata quasi in bianco. Avevo fatto tutta via san Luca rimuginando su quel filo rosso che, come nei cordami della marineria francese, percorreva tutta quella trama di relazioni reciproche che avevo mano a mano messo a fuoco: ogni tanto sembrava interrompersi, ma era ovvio che c'era, che doveva esserci. Bastava cercarlo con maggiore cura. A Banchi mi ero fermata una volta di più stupita di fronte alla cascata di luce che da Caricamento inondava la piazza, rimbalzando nei vicoli vicini, via via più fioca.

Bene: Giovanni Balbi fabbricava i Depero, con tutta probabilità facilitato nel suo compito dall'averne sottocchio uno autentico, quello che Merello aveva acquistato anni prima, esordendo alla grande in quel mondo dell'arte che da sempre sognava di bazzicare. Poi i quadri arrivavano a Zurigo per il tramite di artisti inconsapevoli. Di lì raggiungevano Amsterdam con tutti i crismi del caso, e un discreto esborso da parte dei Boross in diritti doganali. E poi, puf!, più niente, visto che la mattina Malvezzi mi aveva confermato che in quegli anni la circolazione dei dipinti del noto pittore futurista non aveva registrato picchi significativi, anzi, tutt'altro. In compenso, tutti avevano fatto un sacco di soldi. E due persone in qualche modo collegate a questo traffico illecito erano morte dopo oltre trent'anni in circostanze non chiare e a pochi mesi di distanza fra loro. In più Malinverni faceva lo gnorri, fingendo di non sapere cose che invece conosceva benissimo. E c'erano anche quelle dannate scanalature, che non riuscivo a capire a che servissero...

Assorta in questi pensieri ero arrivata davanti al negozio di Mary: maledizione! due tipe strizzate in jeans di Cavalli, superaccessoriate e garrule, unghie finte "alla francese" decorate come un albero di natale, stavano provando una a una decine di collane sparse sul tappetino di velluto del banco. Avevo fatto capolino dalla porta:

– Ciao Mary. Passo più tardi?

– Tiro giù la saracinesca alle sette... – dato che immagino volesse essere un invito alle due di darsi una smossa – mi aspetti in piazza delle Erbe? Ci prendiamo un aperitivo.

Avevo guardato l'orologio: sette meno un quarto. Ero andata a sedermi nell'unico tavolino libero, accaparratomi con balzo felino a scapito di due giovanottoni allampanati in bermuda a quadretti. Al cameriere avevo sibilato:

– Aspetto un'amica.

E mi ero di nuovo sprofondata in elucubrazioni da fantascienza.

– Eccomi!

– Ti han poi comprato qualcosa, quelle due?

– Una collana e tre braccialetti: non mi lamento. Il giovedì, per via della movida in loco, è sempre una giornata propizia, per gli affari. Qual buon vento?

– Niente... Volevo salutarti... E chiederti ancora qualcosa sulla tua seconda vita.

Avevamo ordinato due calici di Sirah.

– Dimmi…

– Ma tu Merello lo frequentavi?

– Pochissimo: lo incontravo ai vernissage, niente di più. Nicola era piuttosto geloso dei suoi affari, non voleva che altri ci mettessero il becco. La prima volta che l'ho visto me la ricordo bene: eravamo passati a casa sua, in via Assarotti, per fargli firmare una cosa. Ci è venuto ad aprire indossando una giacca da camera blu profilata con un cordoncino dorato, con tanto di stemma sul taschino. Appena mi ha vista aveva esclamato: "Ma che bella signora! Champagne!", e si era diretto di corsa al frigo, praticamente lasciandoci sulla porta. Due minuti dopo era tornato con tre flûtes in una mano e una bottiglia di Veuve Clicquot nell'altra: l'aveva stappata e poi era tornato in cucina a prendere una scatoletta di caviale.

– Quella dello champagne doveva essere una sua fissa… Ma, dimmi, in Marocco che ci andavano a fare?

– Mica ci andavano. Almeno, fino a quando son rimasta con Nicola, a parte quei sei mesi di cui ti ho raccontato, non ci siamo più tornati, né io né lui. Però era rimasto in contatto con Norbert.

– E la barca? Quella comperata con i soldi di Merello?

– È rimasta là. Magari c'è ancora.

– A Essauira?

– No, a Tan Tan. La gestiva Norbert.

– Ma che senso ha?

– A quanto ne so portava clienti danarosi a pesca. In Mauritania. In pratica un'attività commerciale. Poi dividevano i proventi.

– Cospicui?

– Non so: te l'ho detto, l'anno dopo mi sono trasferita a Milano.

– Strano, no?

– Spesso costituiva anche un bonus, un "omaggio" per i collezionisti danarosi, che magari ci portavano le amanti. Può darsi però che ci fosse sotto dell'altro: mi fai venire in mente che quando ci sono stata l'ultima volta, nelle feste di Natale, siamo andati tutti e quattro a Laayoune e la vigilia di capodanno abbiamo cenato da Josephina, un ristorante sulla costa, dietro al porto dei pescherecci, frequentato soprattutto da occidentali, vino e alcolici a gogò. Verso la fine della serata, dalla finestra con le inferriate che davano su un vicolo buio e maleodorante delle sardine scaricate a fiumi dai pescherecci si è affacciato un tipo di colore, che parlava spagnolo: Nicola e Norbert lo hanno invitato al bar che c'era all'ingresso del locale, diviso dalla sala da pranzo con dei paraventi di legno dipinto. Hanno confabulato per un'ora buona, fin quasi allo scoccare della mezzanotte con brindisi annesso. Penso che si trattasse di un qualche traffico non del tutto pulito, ma non ho mai voluto approfondire. In certi casi è meglio non sapere.

– Non del tutto pulito come? Droga?

– Sarebbe l'ipotesi più probabile, anche se mi sembra strano: Nicola con quella roba non ci ha mai voluto avere a che fare... Forse contrabbando... Sigarette...

– Be', un conto è fare uso di droga e un conto è venderla, ti pare? Anzi, farla vendere da un altro e intascarsi parte dei denari.

Si era fatto tardi: ci eravamo avviate entrambe verso piazza De Ferrari, e belle leste, onde non perdere il 66 delle otto e cinque, e aspettare quello dopo impalate sulla fermata per oltre un'ora.

La giornata successiva era stata un tormento: un po' per la monotonia del lavoro, che arrivava perfino a farmi rimpiangere le dabbenaggini della Fasce, dotate almeno del potere di provocarmi una sana incazzatura, e meno sane intenzioni omicide, un po' per le due notti passate insonni ad arrovellarmi sul "caso Merello", fatto sta che ero stata oggettivamente insopportabile, agli altri e a me stessa. Di ritorno a casa avevo fatto un salto da Dora, per fare quattro chiacchiere che mi distogliessero dai miei pensieri. Mentre suonavo il campanello avevo sentito distintamente provenire da dentro una voce nota:

– Stefy "pancia-piatta"? E che ci fa? – avevo sussurrato alla mia amica che mi era venuta ad aprire, ancora in tenuta da ufficio: giacca verdolina su un vestito color ametista.

– Ha un fidanzato! Non poteva fare a meno di esternare.

– Uff!

Era seduta su una poltrona del salotto: sfoggiava una nuova pettinatura e unghie laccate di blu. Un orrore.

– Ciao Nadia. Stavo raccontando a Dora delle Maldive. Sono tornata ieri.

– E come sono le Maldive?

– Niente di che... Io avrei preferito andare in Sicilia, ma Aldo, la persona con cui mi vedo da qualche settimana, non ha voluto sentire ragioni. Ha prenotato in un resort cinque stelle S, cioè superiore. Non ti dico, bisognava cambiarsi d'abito tre volte al giorno. Talora quattro. Uno stress! E poi sempre aragoste. Gamberoni e aragoste. Granchi e aragoste. Son venuta via che mi uscivano dalle orecchie! Per fortuna son tutte cose a elevato valore proteico con un minimo apporto di grassi.

– In compenso ti fan venire un colesterolo della madonna...

Perché Stefy, fra i tanti, ha anche questo difetto: le poche volte che fa qualcosa di socialmente rilevante, che nel suo cervellino dovrebbe suscitare l'invidia altrui, trova modo di amplificare ulteriormente quest'ultima assumendo un'aria di sufficienza fasulla. Fasulla come e forse più dei Depero. E invece di manifestare un comprensibile entusiasmo o, al limite, un giusto trasporto, ti propina la cronaca delle sue vacanze, o la descrizione del suo ultimo acquisto con un tono di superiorità nauseata che le daresti quattro schiaffi.

– Com'era il centro fitness?

– Fin troppo equipaggiato: attrezzi di ogni tipo, tutti computerizzati, poi la sauna, l'*hammam*, fanghi in tutte le maniere, la doccia cromatica profumata, che poi non è che ti dia quella gran soddisfazione...

– In effetti l'ho sempre pensato, che è una cagata pazzesca!

Il mio tentativo di troncare lì l'argomento "vacanza tropicale" aveva dato gli esiti attesi: presa di contropiede, aveva taciuto per quel poco che mi era stato sufficiente a dirottare la conversazione su quanto mi stava più a cuore in quel momento:

– Se dico Mauritania, che vi viene in mente?

– Fanno dei tessuti bellissimi, tinti ancora con i colori naturali: zafferano, menta... – aveva risposto Dora.

– Non ci vorrai mica andare, vero? Ci sono gli integralisti islamici, devi girare col velo. Poi non ho mai sentito di resort da quelle parti... – aveva fatto eco Stefy.

– No, non ho intenzione di andarci, anche se dev'essere molto bella, specie lungo le coste. Mettiamola diversamente: se vi dico affari illeciti che coinvolgono la Mauritania, a cosa pensate, come prima cosa?

– Droga! – aveva affermato con piglio sicuro Stefy.

– Armi: pare che sia uno snodo di smistamento importante. Con tutte le guerre che travagliano il Centrafrica...

– Sì, in effetti hai ragione, Dora, non ci avevo proprio pensato...

– Ma cos'è? Un gioco? Un quiz?

– No, Stefy. È che sono venuta a sapere che un tipo che ho conosciuto da poco ha comprato una barca ormeggiata da quelle parti. Ed essendo una persona non del tutto limpida, mi chiedevo se... – avevo tagliato corto.

– Se pensi che sia implicato in qualcosa di sporco lascialo perdere! Il mondo è pieno di uomini... E poi hai Valerio. Vabbe' che non c'è mai, che io non so proprio come fate...

L'avrei sgozzata. Come un capretto, secondo l'uso mauritano...

– Ora vado, che fra un po' arriva Aldo. Si ferma a dormire... il bambino questa notte me lo tiene mia madre: anche noi abbiamo diritto a un po' d'intimità, vi pare?

– Hai già *innandiato* la cena?

– Oh no! Andiamo fuori: Aldo adora sperimentare nuovi ristoranti. L'altro ieri siamo andati in una gastro-enoteca...

– Gastro-enoteca?

– Sì, gastro-enoteca... Pensate: dieci portate! Che sono perfino un'esagerazione... Infatti io, più che altro, ho spiluccato...

– Scusa, dove l'avete pescata questa gastro-enoteca?

– Aldo è iscritto a diverse compagnie di *social shopping*... Gli arrivano delle offerte davvero sensazionali.

Ancora allibita dal concetto di gastro-enoteca, sicuramente elaborato da qualcuno frutto di un'ibridazione *in vitro* fra un linguista post chomskiano e il dottor Mengele, che al confronto gli alieni di *Star Trek* son perfino normali, mi era squillato il cellulare in borsa:

– Kadigia! Che bello sentirti! Ma sei in Italia? O in Nigeria?

A sentire nominare dopo la Mauritania anche la Nigeria, Stefy aveva assunto un'espressione di sconcerto. Si era rivolta a Dora sottovoce, ma non abbastanza da impedirmi di sentire:

– Dovresti tenere un po' d'occhio Nadia... Mi sa che frequenta gente mica a posto...

Mi ero spostata nell'ingresso, per continuare la conversazione con maggiore tranquillità. Poi ero tornata in salotto:

– Era Kadigia: la sorella di Amin, quel ragazzo che ho trovato morto nel vicolo davanti alla casa editrice lo scorso anno. Il medico...

– Già, mi ricordo: era tornata nel suo paese, mi pare...

– Sì, Dora, al momento sembrava la cosa più sicura da fare. Però Kadigia è una ragazza tenace, e vuol finire quello che ha iniziato:

si è iscritta al terzo anno di Lingue a Perugia. In realtà le mancano solo un esame e la tesi, così ha già iniziato a frequentare i corsi della laurea specialistica. Domani passa da Genova a ritirare un certificato in segreteria, e ne approfittiamo per mangiare un boccone insieme.

– Parla italiano?

– Ma Stefy! Certo che sì! Se è per questo anche il francese, l'inglese e un po' di spagnolo. Oltre a diversi dialetti del Niger, ovviamente... Sai che ti dico? mi faccio indicare qualche buon ristorante nigeriano, o ivorense, o mauritano, così potrai stupire Aldo con effetti speciali!

Ventidue

Ci eravamo viste alla mezza in un localino di fronte ai truogoli di santa Brigida, di recente sottratti a un degrado durato decenni grazie a un'operazione di cauto restauro e ora, sebbene a fatica, sulla via di tornare a essere quel luogo di incontro e di socializzazione che erano stati ai tempi in cui le massaie si affollavano attorno al lavatoio, attendendo in un chiassoso chiacchiericcio il loro turno per nettare con la liscivia i panni di casa. Mi sembrava più bella: un paio di chiletti in più nei posti giusti, come sempre succede a quell'età, la rendevano meno spigolosa, e due bei seni floridi riempivano finalmente il giusto la t-shirt rosa confetto. Avevamo ordinato un'insalata di polpi e seppie e della bianchetta sfusa.

– Come va? Come ti trovi a Perugia?

– Tutto sommato bene, anche se mi manca questo mare... Condivido un bilocale con una ragazza scozzese, Angie: ho dovuto attivare un massiccio programma di educazione alimentare: mangia delle schifezze, ma delle schifezze... Come prima cosa ho abolito il burro dalla lista della spesa: a colazione se ne faceva fuori mezz'etto! Però è simpatica, anche se l'italiano non lo parla ancora bene.

– I tuoi si sono ripresi?

– Mah... Sai, è difficile... Insomma, alti e bassi. Avrebbero preferito che restassi giù, che non partissi. Ma credo che sia meglio così. Per me e per loro. Stavano diventando iperprotettivi, e non è una buona cosa. Pensa che mia madre voleva perfino lasciare il lavoro... E tu? Che fai di bello?

– Niente di che: il solito tran tran. Lavoro, qualche vacanza...

Alla quarta forchettata non mi ero più saputa trattenere: – Se ti dico Mauritania, qual è la prima cosa che ti viene in mente?

– Nouâdhibou: la baia di Nouâdhibou, praticamente sul confine marocchino, ospita uno dei più grandi "cimiteri" di navi al mondo. Alcune arenate sulla spiaggia, altre incagliate nelle secche, molte semiaffondate: è diventata una meta turistica molto frequentata, specie dai motociclisti. Ho conosciuto due ragazzi di Rovigo che ci sono stati, in moto: delle foto impressionanti...

– E oltre ai relitti? Che ci si va a fare in Mauritania?

– Perché? Stai programmando un viaggio? Non te lo consiglio: non è il paese adatto per una donna. Soprattutto se sola... Dovresti affidarti a un buon tour operator, che ti dia delle garanzie.

– No, no, anche se non ti nascondo che mi piacerebbe... Ho una passione per l'Africa. Soprattutto per il deserto.

– Dai! Allora vieni a trovarmi. Magari la prossima estate... Il deserto propriamente detto non lo abbiamo, ma il mio è un paese bellissimo!

Non avevo voglia di dilungarmi in uno spiegone troppo dettagliato, così avevo tagliato corto:

– No, vedi, ci andava sovente, in passato, un tizio morto da poco, il prozio di un amico dei miei, Massimiliano, che non se ne spiega la ragione. Sai, erano parenti alla lontana, non avevano praticamente più rapporti...

– Allora potrebbe essere per via della pesca. Ci vanno soprattutto gli appassionati di quella d'altura: affittano una barca, con tanto di equipaggio, perché l'Atlantico è un mare difficile, mica come il Mediterraneo...

– Mmmhhh... non credo... questo signore, a quanto mi han

detto, non era proprio il tipo. Non era uno che amava viaggiare. O, quantomeno, prediligeva i viaggi "comodi", begli alberghi, buoni ristoranti... Suo nipote teme che a spingerlo fin laggiù fossero affari loschi. Loschi e molto lucrosi...

– Di quanti anni fa stiamo parlando?

– Diciamo una trentina...

– Allora ti direi armi... Ma non credo sia questo il caso: a fare il trafficante d'armi mica ci si improvvisa! Sono delle vere e proprie organizzazioni a occuparsene e, ti assicuro, ci vuole un bel pelo sullo stomaco... Mica uno parte, così, su due piedi, da Genova e mette su un commercio come se si trattasse, chessò, di bottarga di muggine, altro prodotto in cui la Mauritania eccelle...

– Traffico internazionale di bottarga... È esattamente quello che mi ci vorrebbe per farmi prendere per i fondelli per il resto della vita da un amico poliziotto! Comunque non credere: qualche anno fa ho scoperto che c'era implicato uno stimato professionista che ancor oggi incontro spesso al bar o al ristorante.

– Nel commercio illegale di bottarga?

– Ma no! In quello delle armi! Anche se in tutt'altra parte del mondo. Però hai ragione: troppo pericoloso. E complicato.

– Giusto: complicato! Perché all'epoca in Mauritania ha preso il potere un gruppo di militari nazionalisti filo-arabi che ha dato l'innesco a una generalizzata persecuzione delle élites francofone, aperte ai rapporti con l'Occidente, e, soprattutto, ad autentiche epurazioni nei confronti pelle popolazioni negro-mauritane che sfociarono in veri e propri *pogrom*. Insomma, non era certo il luogo ideale per improvvisarsi contrabbandieri. A meno di non essere proprio scafati...

Il mio pensiero era corso a Norbert: forse lui scafato lo era... Mary mi aveva detto di avergli chiesto da quale città della Francia venivano, lui e la moglie, e gli aveva risposto, con un sorriso, di non ricordarselo più. Come a dire: acqua passata. Che aveva tagliato i ponti alle sue spalle. Al di là della boutade, era anche possibile che non volesse dare notizie troppo precise su di sé, nemmeno fasulle, proteggendo la propria identità dietro una cortina di nulla. Che è assai più impenetrabile di qualsiasi menzogna.

– E come funzionava?

– Cosa?

– Il traffico d'armi…

– Be', non è che ne sappia molto: giusto quello che leggi sui blog, o di cui senti parlare a casa.

– Cioè?

– Cioè che proprio a partire dalla seconda metà degli anni Settanta la recrudescenza del confronto USA-URSS ha visto l'Africa subsahariana investita di un ruolo di tutto riguardo, oggettivamente stimabile nella quantità d'armi che vi veniva riversata da un mercato clandestino foraggiato, direttamente o indirettamente, dalle due superpotenze. In più aggiungici la Francia che, pur gravitando nel "blocco" occidentale perseguiva mire autonome, di stampo neocoloniale. E in tutto ciò il Marocco, assieme al Sudafrica e a Israele, ha avuto una parte consistente. Come intermediario degli interessi americani, intendo. Americani e francesi.

– Niente di più e niente di meno di quello che succede in tutto il resto del mondo… A spanne, lo stesso di quello che è successo non troppi anni fa nell'ex Jugoslavia. E a lasciarci le penne è stata la mia vicina di casa. E suo marito prima di lei…

Mi aveva osservato con sguardo stupito: forse, per un attimo, le era passato per la mente che avessi giri "strani". O magari solo che portassi una sfiga pazzesca, visto che attorno a me morivano tutti come mosche.

– Lascia stare, è una storia vecchia… Dunque, dicevo, niente di nuovo sotto il sole…

– Be', non proprio: in Africa c'è la variante non accessoria dell'autofinanziamento…

– Vale a dire?

– Che anche quando non ci mettono lo zampino le superpotenze straniere per ovvie questioni geopolitiche, i paesi africani sanno arrangiarsi da sé: tanto le milizie governative quanto i numerosissimi gruppi ribelli, o golpisti, sfruttano le immense risorse diamantifere presenti, in misura diversa, un po' in tutto il continente per convertirle negli armamenti necessari al perpetuarsi delle cruente guerre civili che dilaniano molti Paesi: Angola, Liberia, Sierra Leone, e via dicendo. L'avrai visto, no?, *Blood diamond*? Il film con Leonardo Di Caprio…

– Sì, anche se parecchi anni fa: una storia di poveracci costretti a estrarre diamanti in condizioni terribili, sorvegliati da militari armati fino ai denti. E di bambini-soldato…

– Brava! Visto che anche tu ne sai qualcosa? Solo che il "vostro" problema è di avere la memoria corta, almeno per quanto riguarda noi "neri".

– Già… i diamanti "insanguinati"…

– Propriamente sono definiti diamanti "di conflitto". Pensateci quando il fidanzato ve ne regala uno!

– Nel mio caso non c'è pericolo! Sta' pur tranquilla.

Aveva riso: una chiostra di denti bianchissimi fra le labbra appena segnate da un *gloss* rosa perlato. Mi ero accesa una sigaretta.

– Bene! Escluse le armi e la bottarga, che resta? Droga?

– Forse… Anche se questa è una grana recente: è solo da qualche anno che i "cartelli" del narcotraffico latino-americani utilizzano alcune nazioni dell'Africa occidentale come "tappa" per la cocaina da smerciare in Europa. Attraverso il deserto, a quanto pare.

– E prima?

– Boh? A me viene in mente solo il *kif*, ma è una droga delle balle: si tratta sempre di cannabis, ma macinano tutto. Foglie, gambi, peduncoli... Le infiorescenze, dove sta il principio attivo, sono in quantità minima, dunque anche l'effetto è irrisorio. In più è quasi sempre tagliato con altro: con l'henné, se va bene. E infatti i consumatori abituali si riconoscono per i denti macchiati di rosso.

– Sì, quando sono stata in Marocco l'ho notato...

– Insomma: devi proprio fumartene in quantità industriali per farti un minimo.

– Però parliamo degli anni Settanta, e la marijuana andava alla grande, al tempo...

– Può darsi ma, ti ripeto, erano momenti difficili, in quell'area: non so se il gioco potesse valere la candela.

– Devo dire che è stata proprio una chiacchierata istruttiva. Ora devo andare, se no il capo mi pela. Teniamoci in contatto, però!

– Vienimi a trovare! Ti aspetto!

– A Perugia o in Nigeria?

– Da tutte e due le parti. Va detto che Perugia è più comoda...

Avevo pagato io, nonostante le sue proteste. Poi ci eravamo baciate e io ero corsa in ufficio, delusa di non aver trovato nel fluire musicale delle parole di Kadigia quegli anelli mancanti per chiudere la catena di cause ed effetti che era andata poco a poco componendosi nella mia testa nelle ultime settimane. Mi ero messa alla scrivania, avevo riavviato il computer e ripreso il mio lavoro di editing. Qui ci vanno gli apici doppi. Di traffico d'armi non se ne parla nemmeno: erano anni difficili, quelli, troppo difficili, in quei posti là. Manca la casa editrice. E forse il Malinverni non era nemmeno il tipo... C'è un corsivo di troppo. Ma Norbert magari sì... Perché cavolo 'sto imbecille non ha inserito il rientro automatico per il capoverso? Però le armi sono ingombranti. Troppo per il cabinato di Merello... Questa nota è da rifare di sana pianta. Droga, probabilmente si trattava di droga... L'uso del maiuscoletto per me dovrebbe essere abolito. E perseguito con la pena capitale! Anche se il *kif* è una droga delle balle? Un altro refuso! Magari in quel periodo non si guardava troppo per il sottile… In fondo a quel vortice di trattini, virgolette, esponenti di nota da aggiungere, da togliere, da spostare, iniziavo tuttavia a scorgere qualche fioco barlume di luce… Una cosa comunque era certa: non poteva trattarsi di bottarga.

Epilogo

– Ciao, Franco. Oggi riusciresti a uscire un po' prima dal lavoro?

– Ma… Non saprei… Forse… Perché?

– Potremmo andare a mangiarci un gelato al porto antico…

– Gelato? Gelato? Non mi hai sempre detto che a te il gelato non va un granché?

– Era così, per fare due passi all'aria aperta…

– Non mi starai mica giocando un tiro dei tuoi? Non è che intendi portarmi, non so, dal cugino del cognato di Merello per fargli domande scabrose sulle sue abitudini sessuali, vero? O semplicemente per vedere che faccia ha, come nel caso di Malinverni…

– No, Franco. Un gelato. Solo un gelato… È che dovrei parlarti. Con una certa urgenza.

– Ma allora non puoi fare un salto a casa mia? Per cena…

– Sono a pezzi. Stanotte non ho dormito per niente. Ho due borse sotto gli occhi che ci starebbero i bagagli dell'intero circo Barnum. Compresi quelli degli elefanti. Vorrei andare a letto presto, stasera.

– Vabbe'… Facciamo per le sei e mezza?

– Occhei: alle sei e mezza sotto il Bigo.

Ero arrivata con un buon quarto d'ora d'anticipo. Lui era già là.

– Dove vuoi andare, a prendere il gelato?

– Non è che ne abbia tanta voglia, di gelato… Facciamo due passi…

Avevamo camminato in silenzio fin oltre i Magazzini del Cotone e ci eravamo seduti su una panchina di fronte al mare, già sbrilluccicante dei colori del tramonto. La silhouette della Lanterna si stagliava snella contro il cielo percorso da veloci nuvoloni dai contorni dorati, ma gonfi di pioggia.

– A te piace la bottarga?

– Come sarebbe a dire, se mi piace la bottarga?

– Ti piace o no?

– E tu mi fai uscire prima dall'ufficio, venire fin qui, e lo sai che è un posto che detesto, mi metti in ansia da morire, solo per chiedermi se mi piace la bottarga? Comunque sì, la bottarga mi piace. Ne vado matto! Ma mi vuoi spiegare cosa ti frulla nel cervello?

– Secondo te ha senso metter su un traffico internazionale di bottarga?

– Ma che domande... Ovvio che no! Che ti salta in mente?

– Anch'io penso le bottarga non c'entri niente...

– Ti dispiacerebbe spiegarti un po' meglio?

Un dog sitter era passato trascinandosi dietro tre basset hound riluttanti, il volto invaso da innumerevoli piercing: contro il cielo diventato in un attimo plumbeo assumeva i contorni di una figura inquietante.

– Devi sapere che sul finire degli anni Settanta il Malinverni bazzicava nel sud del Marocco. Confini della Mauritania, per intenderci.

– Era una meta abbastanza comune per hippies e dintorni... Non vedo che c'entri...

– A parte che Malinverni non era un hippie, anzi, vestiva piuttosto ricercato, a quanto mi dicono. Casual ma ricercato. A prescindere da ciò, l'interessante è che ha fatto comperare a Merello una barca, un cabinato di dodici metri, e l'ha piazzata là...

– Bohf... saranno andati a pesca...

– Merello non ci ha mai messo piede, su quella barca… – avevo notato la sua espressione interdetta – Non solo, di lì a poco si sono tutti arricchiti: Malinverni ha iniziato ad aprire gallerie per ogni dove, Francoforte, Milano, una sede più grande a Genova… I Boross pure, in più si son fatti un villone sul lago. E Gunnar Svennson…

– E chi sarebbe 'sto Gunnar Svennson?

– Un altro gallerista: quello che faceva da collettore dei Depero falsi. Anche lui, all'improvviso, si è messo a guadagnare soldi a palate.

– Avrà venduto bene i Depero…

– E qui ti sbagli: sembra che di Depero, ai tempi, non ne siano stati venduti un granché. Ciononostante transitavano da Zurigo ad Amsterdam, dove Svennson viveva, e vive tuttora, in un castello da favola, muniti di tutti i documenti del caso: certificati, autentiche e tariffe doganali, per inciso: piuttosto salate, regolarmente corrisposte a chi di dovere…

– Non capisco…

– Inizialmente nemmeno io… Una cosa però è certa: Merello l'hanno avvelenato. È stato ucciso!

– Dai! Hanno fatto l'autopsia: avvelenamento da funghi!

– Appunto! Te l'ho appena detto: l'hanno avvelenato!

– E chi sarebbe stato, secondo te?

– Ma Malinverni, no?!?! Guarda che sei duro, di comprendonio! A volte non riesco a spiegarmi come tu abbia fatto a diventare vicequestore!

– Io a volte non riesco a spiegarmi come faccio a sopportarti… E in che maniera avrebbe fatto?

– Semplicissimo! Gli ha portato un cestino di ovoli con in mezzo una bella amanita: quando sono ben rinserrati nella loro volva è praticamente impossibile distinguerli. I vecchi *fungaioli*, come mio padre, quando raccolgono dei *buei* ancora chiusi, per essere certi che lo siano veramente, li mettono in un bicchiere con un po' d'acqua per farli schiudere. In modo da assicurarsi dal colore del cappello che siano buoni. Quello se li è fatti in insalata, e via... Tra l'altro l'*amanita phalloides* è letale anche se ingerita in piccolissime quantità...

– Mah...

– Mah un corno! Stamattina ho telefonato all'azienda produttrice dell'Ordrugo. Quella in Val Tidone, da cui l'altra volta non siamo riusciti a passare perché era tardi...

– E allora?

– Ho detto che saremmo andati nel fine settimana, a prendere del vino. E che avremmo avuto piacere di acquistare anche dei funghi: se potevano indicarmi qualcuno a cui potersi rivolgere. Bene: a un tiro di schioppo c'è una trattoria gestita da uno tipo Tassara, appassionato raccoglitore di funghi. Mi sono fatta dare il numero di telefono, ho chiamato dicendo di essere un'amica di Malinverni...

– Tu sei tutta matta...

– Naturalmente lo conosceva benissimo: i funghi li porta sempre anche a lui. Sia porcini che ovoli. Soprattutto ovoli, visto che da quelle parti ne nascono tantissimi. Quindi se li è procurati certamente così. Quanto all'amanita, non ha dovuto fare nemmeno tanta strada: ti ricordi che dietro casa aveva un grazioso boschetto di noccioli? Proprio uno degli habitat naturali prediletti dal fungo malefico: ho controllato in rete!

L'imbrunire aveva lentamente diradato le presenze intorno a noi: coppiette languidamente abbracciate, pensionati col giornale nella tasca posteriore dei calzoni, mamme e nonne coi passeggini, tutti a casa anzitempo, allarmati dal rischio di un acquazzone improvviso.

– Va bene! Ammesso e non concesso: perché l'avrebbe ammazzato?

– Qui la faccenda si fa un po' più incasinata... Dobbiamo tornare a bomba alla bottarga...

– No! Di nuovo la bottarga!

Quasi d'improvviso si era fatto buio, e il mare aveva assunto un colore metallico, quasi fosse stato d'acciaio. Acciaio liquido, con una lama di luce gelida a marcare l'orizzonte ancora illuminato dal sole che filtrava dalla spessa coltre di nubi scure che aveva invaso il cielo.

– Dunque: tutti, in realtà tutti tranne Merello, han fatto fior di *palanche* dopo l'acquisto della famosa barca ormeggiata sulle coste del Sahara occidentale. Ci sarà pure una ragione, ti pare?

– Cosa vuoi che ti dica: mi pare...

– Senz'altro un qualche maneggio illecito. Illecito e lucroso. Eliminata la bottarga, che pure, e di ottima qualità, è prodotta in Mauritania, restavano le armi...

– ...e la droga!

– Lascia perdere: a detta dei più il *kif*, che in quelle zone va per la maggiore, è una droga delle balle... roba di serie B. Anzi, C, D... zeta, zeta è più appropriato. Comunque ho scartato anche le armi: troppo voluminose e, soprattutto, presumono una certa dimestichezza col "mercato": non si può improvvisare un contrabbando d'armamenti così, su due piedi: come ben sai, ci vogliono contatti, appoggi, protezioni anche politiche. E una buona dose di coraggio. Insomma, non mi pareva cosa...

– Quindi?

– Un pomeriggio son tornata a casa di Merello...

– La smetti di saltare di palo in frasca? A fare?

– Ci ho accompagnato un amico di un amico esperto di futurismo. Per vedere se anche gli altri quadri erano falsi.

– Ed erano falsi?

– Quello sul letto, no. Gli altri due sì.

– Buon per il tuo vicino: ci farà su un sacco di soldi!

– Già. Ma la cosa più interessante è che quelli falsi presentavano sul telaio, ben nascoste sotto la tela, delle strane scanalature. Mi ci sono scervellata sopra per giorni e giorni. Alla fine ho capito.

– Capito cosa?

– Che i Depero non erano altro che elaborati, raffinatissimi contenitori per trasportare dell'altro. Ben più prezioso.

– Cioè?

– Come saprai, il commercio clandestino d'armi, in Africa, è perlopiù sovvenzionato da un altro commercio clandestino: quello dei diamanti...

– Ma le armi non le avevamo escluse?

– Sì, le armi sì, però si possono contrabbandare diamanti anche a prescindere dalle armi... E l'Africa ne è piena! A parte che se ne trovano pure in Mauritania, potevano arrivare tranquillamente dall'Angola, dalla Sierra Leone, dalla Liberia, fors'anche "attratti" dalle esigenze economiche, e belliche, della recente dittatura militare mauritana. Sono piccoli, poco ingombranti, incredibilmente costosi: una merce ideale, quantomeno per il trasporto... Mi son fatta l'idea che un socio in affari di Malinverni, un certo Norbert, francese, quello a cui era stata affidata la "cura" della barca, se li procurasse nel corso di battute di pesca pretestuose e riuscisse, non so come, a farli arrivare a Genova. Del resto, all'epoca, quei territori erano ancora nel pieno del trambusto post-Marcia Verde, e credo che nessuno si occupasse troppo di europei dall'aria rispettabile e danarosa. Solo un pochetto maniaci della pesca d'altura... Magari veniva affidato loro, ignari e pacifici, qualcosa da consegnare al Malinverni: sigarette, spezie, ammennicoli di fattura etnica... Cose in regola, e non sospette. Oppure si servivano dei tappeti, un altro prodotto d'artigianato piuttosto gettonato: c'è la possibilità di farseli spedire, sai?, direttamente dal negozio. Io ho fatto così, quando sono andata in Marocco: viaggiavo EasyJet, e mi costava più stivare una valigia sovrappeso delle spese di spedizione. Bastava trovare un mercante compiacente... Tra l'altro, da Malinverni ho visto dei kilim niente male...

– Non vedo come tu possa collegare tutto ciò, ammesso che sia sensato, con la morte di Merello. Avvenuta a distanza di trent'anni...

– Aspetta, fammi finire. A Genova, secondo le stesse modalità, venivano affidati ai poveri artisti inconsapevoli che passavano la frontiera con la macchina piena di quadri, fra cui, ben nascosti, i Depero. Non è escluso che i doganieri fossero debitamente "unti" da Malinverni e compagni per chiudere un occhio sul passaggio di opere tanto strampalate da non suscitare alcun sospetto sul loro valore. E se avessero scoperto i Depero, articolo assai più prevedibile per attinenza "merceologica", non avrebbero fatto altro che sequestrarli, senza più occuparsi del resto del bagaglio, ben misero, tra l'altro, né del pandolce, o del pesto, o che so io, affidato all'artista per farne dono al gallerista da parte dell'amico genovese. Ovvio che la colpa sarebbe stata riversata appieno su quei giovanotti dall'aspetto fricchettone, barbe lunghe, montone e jeans a zampa d'elefante: teoricamente i capri espiatori ideali, con le capacità tecniche per falsificare i quadri e il movente dell'acquisto di qualche "dose". Comunque, in un caso o nell'altro, i dipinti sviavano l'attenzione dei doganieri da quell'altra "merce", più "discreta" e agevolmente occultabile. In genere si trovano solo le cose che si cercano, mai le altre... Poi, a Zurigo, Boross e la moglie si premuravano di dotare i Depero di autentiche fasulle, staccavano con cura la tela da un lato del telaio, inserivano i diamanti nelle scanalature, riposizionavano i chiodi, assolvevano alle procedure doganali esentandoli così da ogni futuro controllo e sospetto, indi mandavano il tutto all'amico Svennson, ad Amsterdam, la patria degli intagliatori di diamanti, nonché culla privilegiata del loro commercio. Chi andrebbe mai a fare dei controlli in scambi commerciali legittimi, ineccepibili sotto il profilo delle procedure, fra due gallerie d'arte stimatissime e di grido?

– Continuo a non comprendere il ruolo di Merello, e perché dovrebbe essere stato ucciso così tanto tempo dopo.

– Credo che Merello non ne sapesse una *belino*... Ciarlone com'era, c'era il rischio che parlasse a vanvera finendo con lo spiattellare qualcosa, magari involontariamente.

– E allora?

– Penso che possa essere andata così: Malinverni va da Merello per cercare, come al solito, di carpirgli dei quadri. Merello si ribella: dice che non ne ha più, di non avere neanche più soldi, di essersi alfine deciso a vendere perfino i Depero, quelli che in passato l'ex-socio gli aveva affibbiato, facendoli passare per veri, a risarcire le molte spese sostenute da quel tonto per la galleria. Malinverni si allarma non poco, temendo che un'expertise, necessaria per via della mancanza di autentica, ed effettuata con le nuove tecniche oggi a disposizione, facesse scoppiare la *bugna*. Che, andando a scavare, saltassero fuori altri falsi dello stesso periodo, tutti facilmente riconducibili a Genova, e a lui. Anzi, sai che ti dico? Per me la sua attività di committente e spacciatore di opere contraffatte è continuata anche in seguito, indipendentemente dal commercio di brillanti, immagino interrottosi attorno alla metà degli anni Ottanta per il complicarsi della situazione geopolitica centroafricana e l'instaurarsi di veri e propri "cartelli" finalizzati allo scambio armi-pietre preziose. Magari continua anche adesso, e il Fontana che hai in salotto è un tarocco fabbricato l'altro ieri. In definitiva: Merello era un rischio, e andava eliminato. Va detto che quella dei funghi velenosi è stata una trovata geniale... Davvero geniale! Sicura, incruenta, insomma: "pulita"! E tale da non destare sospetti... Però non sapeva che nel frattempo Merello, più risoluto, o più al verde del solito, aveva già affidato il Depero a Boross-figlio, cercando di sfruttare *in extremis* un contatto del passato.

– Per cui Malinverni avrebbe fatto fuori anche Boross-figlio...

– Ma figurati! Un conto è rifilare a uno un fungo velenoso, e andarsene senza doverlo veder morire, un altro è strangolarlo con le tue mani e inscenare quel mezzo set cinematografico da film porno.

– Perciò le due morti non sono collegate.

– Eccome se lo sono! È altamente probabile che Svennson abbia poi ripreso il traffico di diamanti in proprio utilizzando le stesse opere di un tempo, dotate di tutte le credenziali in regola grazie ai due vecchi "compari" ormai morti. Per cause naturali, loro. In un momento oltretutto abbastanza propizio, visto che il Protocollo Kimberley, sancito a garantire che i profitti ricavati dai diamanti africani non siano utilizzati per alimentare conflitti armati, ha in parte legato le mani alle grosse organizzazioni locali, nel mirino dei controlli sovranazionali. Vedendo il Depero sul sito della galleria Boross deve aver temuto, come Malinverni, che l'esito dell'inevitabile perizia inducesse ad avviare indagini più approfondite, intensificando i controlli sulle compravendite, in questo caso fittizie, dei quadri di quell'artista, utilizzati come "corrieri". "Corrieri" dotati dell'indiscutibile pregio di non avere il dono della parola, il che è un vantaggio non da poco: almeno sei sicuro che non ti possono tradire. Di una cosa sono certa: Ulrich non è mai stato minimamente al corrente del business che aveva consentito ai suoi di arricchirsi. E ha pagato in vece loro, lasciandoci le penne sicuramente per mano di sicari prezzolati vuoi da Svennson, vuoi dai suoi complici africani. È tutto. Ti basta?

Mi aveva guardato come si potrebbe guardare un marziano, con tanto di orecchie a punta e naso a trombetta. Ormai s'era fatta notte.

E si era alzato un vento fastidioso che sollevava, avviticchiandole in piccoli turbini, la polvere e le cartacce dal selciato.

– A mio giudizio dovresti avvisare il tuo collega svizzero, come si chiama?

– Kauffman. Kauffman, si chiama...

– Che dici, gliene parli?

– Non so... Ho la testa affastellata... È meglio che ci pensiamo domani... Con la mente più lucida, più fresca.

– Hai ragione... Ci pensiamo poi... Domani... Domani che, per fortuna, è un altro giorno...

Rossella O'Hara... lei sì che aveva capito tutto della vita!

Glossario

abelinato: tonto, stupido.

arbanella: barattolo in vetro per conserve.

basta: nell'espressione *a basta* equivale a "abbastanza".

belandi: variante castigata di *belin*.

belin: esclamazione, spesso usata come forma di imprecazione, che costituisce un intercalare tipico del dialetto genovese, equivalente grossomodo a "accidenti!", "perdinci!".

belinata: cosa da poco, sciocchezza. Ma anche frase o azione stupida.

belino: membro maschile. Le espressioni *avere il belino inverso, il belino girato, il belino di traverso* equivalgono a "essere di cattivo umore".

bellicite: variante castigata di *belin*.

berodo: letteralmente "sanguinaccio", per traslato "tonto", "stupidotto", "babbeo".

bersou: equivalente dialettale di bersò, "pergolato a forma di cupola".

borlo: ammaccatura.

bouso: bavoso. È detta lumaca *bousa* quella priva di guscio.

bugna: letteralmente "enfiatura", per traslato "questione spinosa", "problema".

cadde: nell'espressone *alla cadde*, "a caso", "come capita".

cagnaro: giaccone imbottito, in genere impermeabilizzato.

camallo: scaricatore di porto.

carregöia: nell'espressione *in carregöia*, "gravato da un peso". È la tecnica con cui viene fatto uscire il liquido in eccesso da certe pietanze, come la cima alla genovese: dopo essere stata tirata fuori dal brodo di cottura la si copre con un piatto su cui è collocato qualcosa di pesante, come una pentola piena d'acqua.

carruggio: vicolo.

ceto: pettegolezzo.

cioccare: battere colpi, per traslato "esser scemo, matto". L'espressione *cioccare come una campana* ha valore intensivo.

cruxe de beccu, restighe seccu: detto genovese (letteralmente: croce di becco, restaci secco) pronunciato per enfatizzare che una certa cosa non la si farà mai più.

cubeletti: tipici dolcetti genovesi in pastafrolla con un cuore di marmellata, spolverati di zucchero a velo. Derivano il nome, letteralmente "cappelletti", dalla loro forma, e in origine erano confezionati in occasione della festa di sant'Agata, che ricorre il 5 febbraio.

bueu: ovolo, amanita cesaria.

cetesata: conversazione in cui si spettegola.

demua: gioco.

fiammenghilla: grosso piatto fondo da portata.

fungaiolo: cercatore di funghi.

giadda: nell'espressione *alla giadda* equivale a "in carpione".

gondone: letteralmente "profilattico", "preservativo", nella parlata genovese assume il significato traslato di "lavativo", o di "furbetto", "furbastro", sempre con intento bonario.

granelli: testicoli di vitello.

guei: "guari", molto.

innandiare: avviare.

imbarlugato: rintontolito.

imbriccato: inerpicato sui *bricchi*, ovvero sui monti.

laccetti: animelle, ovvero ghiandole presenti nel collo dei giovani bovini.

lucco: tonto, stupidotto. L'espressione *battere da lucco* equivale a "fare il finto tonto".

malpru: dispiacere.

mettere a perdere: assillare con domande o commenti continui e martellanti che mettono a dura prova la pazienza del malcapitato interlocutore.

miscio: squattrinato, senza soldi.

mizzega: esclamazione, spesso usata come forma di imprecazione, equivalente grossomodo a "accidenti!", "perdinci!".

mussa: letteralmente "organo genitale femminile", "vagina". Per traslato "bugia", "frottola", "menzogna". Ricorre anche nell'espressione *esser pieno di musse*, equivalente a "avere un atteggiamento pretenzioso, o schizzinoso".

nescio: stupido, scemotto.

palanche: soldi.

parlandone da vivo: modo di dire tipicamente genovese che, utilizzato a mo' di preambolo, permette di dire le peggiori nefandezze sul "buonanima" in questione.

peppia: dicesi di persona asfissiante, noiosa e rompiscatole.

persa: maggiorana.

pinolini: pesciolini ideali per la frittura o per una preparazione "*alla giadda*".

pippa: letteralmente indica la masturbazione, per cui *farsi delle pippe* equivale a masturbarsi, nel senso proprio e figurato. L'espressione *mettere le pippe* equivale invece a "mettere il muso", "fare il broncio".

presumin: presunzione, boria.

porca martina: espressione utilizzata come sostitutivo bonario della bestemmia.

puffo: debito.

quietare: mettersi tranquillo, sereno.

ravanare: rovistare

rumescio: letteralmente "rimescolamento", per traslato "confusione", "casino".

rumesciare: mescolare.

rumenta: spazzatura.

sacrinare: faticare, soffrire.

sciato: letteralmente "rumore", "chiasso", per estensione "lusso". L'espressione *fare sciato* equivale a "dare l'impressione del lusso", "fare un figurone".

scignurinne: letteralmente "signorine". Son dette così le cepole, pesci dal corpo nastriforme (da cui l'altro nome, *picaggie*, ovvero nastri) di colore rosso-arancione, ottime per la frittura.

scito: appartamento.

sciu: signore (solo con funzione di appellativo).

sciughea: tempo asciutto e secco.

sciusciâ e sciurbî nu se pö: soffiare e sorbire [nello stesso tempo] non si può. Proverbio genovese.

sciutu: asciutto.

scubbio: schivo e scontroso.

sghei: soldi.

spatasciare, *spatasciarsi*: sfasciare, sfasciarsi (spesso nel senso di squagliare, squagliarsi).

sprescia: fretta.

squexi: smancerie, leziosaggini.

stancacervelli: dicesi di persona logorroica.

sussare: succhiare, sorbire.

svanziche: soldi.

tagenne: taglierini.

tammurriata: letteralmente, forma di ballo cantato tipica della

Campania. Per estensione, “sonoro rimprovero”, “severa sgridata”.
zueno: giovane.

MISTO
Carta da fonti gestite
in maniera responsabile
FSC® C023419
FSC
www.fsc.org

Stampato presso Lego S.p.A.
Stabilimento di Lavis